밥만 먹고 레벨업

박민규 게임 판타지 장편소설

WISHBOOKS GAME FANTASY STORY

6

박민규 게임 판타지 장편소설

초판 1쇄 찍은 날 | 2020년 2월 11일
초판 1쇄 펴낸 날 | 2020년 2월 18일

지은이 | 박민규
펴낸이 | 권태완 우천제

기획 | 위시북스
편집책임 | 한준만
편집 | 위시북스

펴낸곳 | ㈜케이더블유북스
등록번호 | 제25100-2015-43호
등록일자 | 2015. 5. 4
KFN | 제2-20호

주소 | 서울시 구로구 디지털로31길 38-9, 401호
전화 | 070-8892-7937 팩스 | 02-866-4627
E-mail | fantasy@kwbooks.co.kr

ISBN 979-11-293-4838-8 04810
　　　979-11-293-4001-6(set)

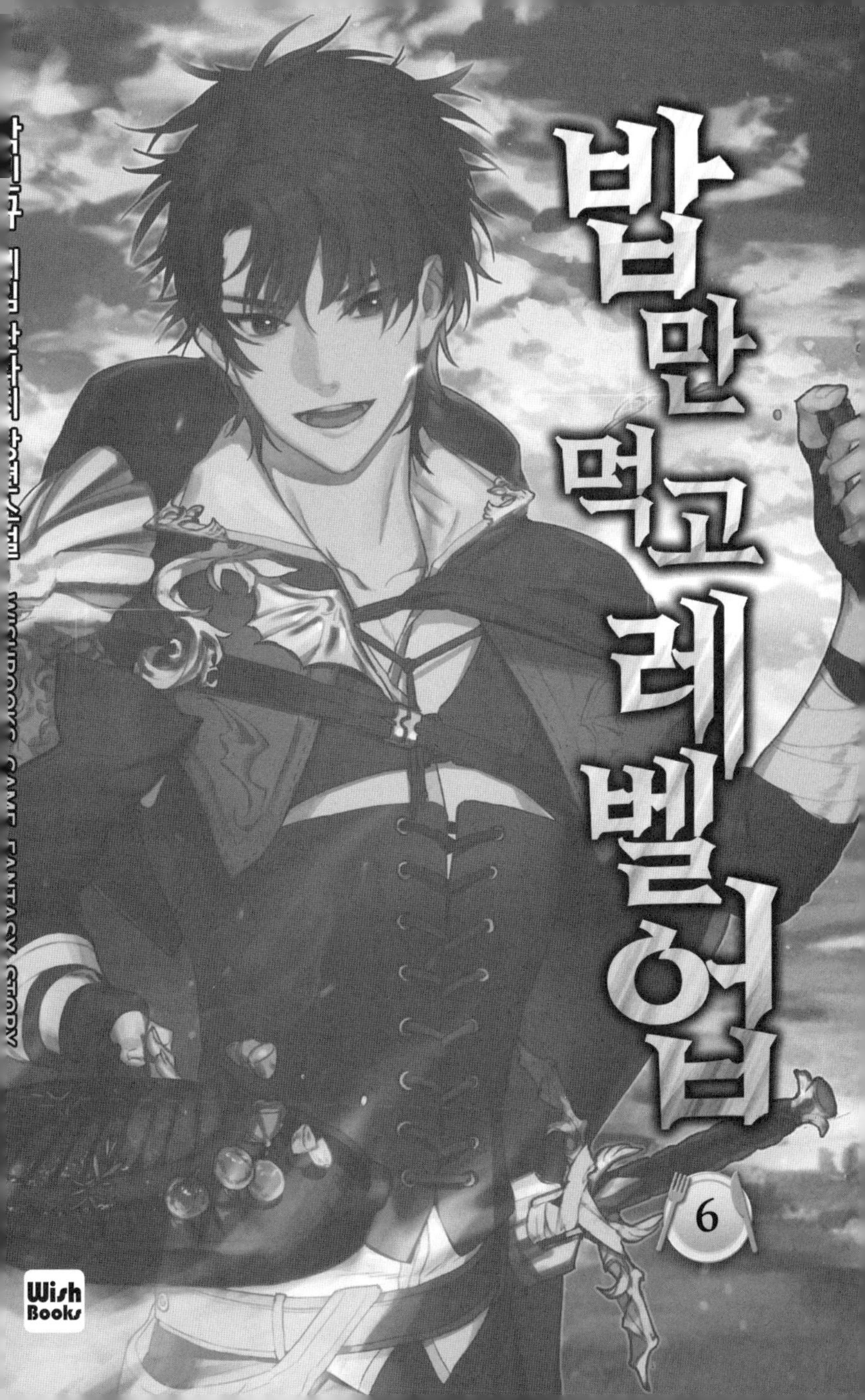
밥만 먹고 레벨업
6
Wish Books

CONTENTS

1장
재회(1)

제국검 루마드.

그는 첫인상부터 거인이라는 말이 어울리는 남자였다. 2m 남짓한 키, 거기에 커다란 대검을 한 손으로 가뿐히 들어 어깨에 걸치고 있는 모습. 너저분해 보이는 레드 아머에 짧게 친 머리까지. 딱 보았을 때 어린아이가 울음을 터뜨릴 만한 그런 외모.

그가 바로 대륙 극강팔인 중 하나였다. 비록 여덟 명 중에서 가장 약하다고 평가받고 있지만, 그조차도 다른 랭커들을 가뿐히 짓밟을 수 있을 정도다.

그런 루마드는 먼 허공을 보고 있었다.

곧이어 그가 보고 있던 곳에서 소리가 들렸다.

뿌우우우우!

쿵! 쿵! 쿵! 쿵!

나팔 소리와 북 치는 소리. 그것은 적을 발견했음을 알리는 신호였다.

아레스는 이런 채팅창을 볼 수 있었다.

[길드 채팅: 레드 님이 강제 로그아웃 당하셨습니다.]
[길드 채팅: 칼르만 님이 강제 로그아웃 당하셨습니다.]
[길드 채팅: 코스 님이 강제 로그아웃 당하셨습니다.]

끊임없이 들리는 알림!

'……뭐야?'

아레스는 고개를 갸웃했다.

수색조로 앞서간 자들은 제국에 지원을 받은 병력 다섯과 유저 다섯이었다. 병력의 레벨은 300 정도, 유저들의 레벨도 300~360 사이였다. 또한, 그들을 이끄는 수색대장은 레드다. 한데, 그 자리에 있는 유저들이 모두 로그아웃 당했다? 병력들이 모두 당했다는 말이 된다.

'뭐지? 혹시…….'

그는 눈살을 찌푸렸다. 설마 라벤 마을에서 추리고 간 유저 둘이 예사롭지 않았던 것일까?

바로 그때. 강제 로그아웃 당했던 길드원들에 의해 길드 채팅이 활성화되기 시작했다.

[길드 채팅 레드: 길마님, 그 자리에 프라이팬 살인마 코스프레를 하는 놈이 있었는데, 예사롭지 않은 놈이었습니다. 놈의 갑옷에 제 파워애로우가 튕겨 나갔어요!]

"파워 애로우가?"

아레스는 깜짝 놀랐다. 파워 애로우는 급소만 공격한다면 350레벨 이상의 유저들도 즉사시키는 강력한 스킬이었다. 한데, 갑옷이 그 스킬을 튕겨냈다?

거기서 그치지 않았다.

[길드 채팅 란: 길마님, 저희 채찍을 휘두르는 여성한테 전부 당했습니다!]

[길드 채팅 브래: 길마님, 저희 그 여자한테 손끝 하나 못 댔어요! 엄청 강합니다. 그냥 랭커 수준이 아닌 것 같습니다!]

아레스의 표정이 심각해졌다.

그때 한 길드원이 다가왔다.

"길마님, 화살을 튕겨냈다는 유저가 프라이팬 살인마 같습니다."

"프라이팬 살인마? 그냥 고레벨 코스프레 유저겠지."

아레스는 미간을 찌푸렸다.

프라이팬 살인마. 그 동영상은 아레스도 보았다.

하지만 그 영상이 올라온 지 얼마 지나지 않았다. 프라이팬 살인마가 성장한다면 정말 대단한 실력자가 되겠다는 생각이 물씬 들긴 했지만, 벌써 그 정도의 강함을 가지고 있을 리 없었다.

'며칠 사이에 레벨 200을 넘겼다는 건 말 자체가 안 되고……'

하지만 길드원이 그를 증명했다.

"프라이팬 살인마의 스크린 샷이 며칠 전에 게재된 적이 있었습니다. 공식 홈페이지에서 꽤 순위가 높았죠. 그리고 그 스샷을 찍은 곳이 바로 라밴 마을 인근의 샐로브의 땅이었습니다."

"……미쳤군."

이제 끽해야 레벨 200도 안 되는 놈이 레드의 화살을 튕겨냈다니. 정말 말도 안 되는 일이다.

그러던 중. 아레스는 번뜩 생각이 났다.

"잠깐만, 채찍?"

프라이팬 살인마는 로반과 함께 자신의 길드원들을 잡았었다. 그에 레전드 길드원이라고 추측되고 있었다. 그리고 채찍을 휘두르는 여인! 이 모든 것을 종합해 봤을 때 그 여인은 지니가 분명했다. 레전드 길드의 마스터, 거기에 프라이팬 살인마까지.

'드디어……!'

잡을 수 있다. 지니를. 이 순간을 얼마나 기다려왔던가!

아레스 또한 최상위 랭커 중 한 명. 이 기회에 그녀를 지끈 지끈 밟는 영상을 올려 레전드 길드를 발밑에 두리라.

"루마드 님, 가시죠!"

"자네, 표정이 좋아 보이는군?"

"예, 그동안 사냥하고 싶었던 사냥감이 발렌 왕과 함께 있다는군요."

"그래? 크하하하하, 재밌겠군. 재밌겠어!"

루마드가 미친 듯이 웃음을 터뜨렸다.

그들은 서둘러 움직이기 시작했다.

그때, 귓속말이 날아왔다.

[코헤이: 발렌 왕을 발견했습니다. 현재 뿔 투구를 쓴 유저, 궁수와 함께 도망치고 있는 중입니다.]

코헤이는 흑빛의 갑옷과 핏빛으로 물든 검을 착용하고 있었고, 그의 옆으로 여섯 명의 병력이 함께 뒤따르고 있었다. 그는 거추장스럽게 유저나 병력을 많이 끌고 다니는 걸 좋아하지 않았다. 그래서 최소한의 인원만 배치받았다.

저 멀리 도주하는 이들이 보였다. 프라이팬을 쓰고 뼈로 만든 듯한 갑옷을 입은 키가 큰 사내, 그리고 활을 쥐고 달리는 사내. 또, 누더기 같은 옷을 입고 지쳐 보이는 발렌.

그의 입에 작은 미소가 지어졌다.

코헤이는 곧바로 아레스에게 현 상황을 알렸다.

[코헤이: 발렌 왕을 발견했습니다. 현재 뿔 투구를 쓴 유저, 궁수와 함께 도망치고 있는 중입니다.]

[아레스: 조심하십시오. 프라이팬을 착용한 유저는 얼마 전에 유명세를 탔던 프라이팬 살인마로 추정됩니다. 예상외의 복병입니다.]

"호오?"

코헤이는 피식하고 웃었다.

프라이팬 살인마라? 과거 베르사르 영광의 유저인 로반을 꺾었던 자 아니던가! 코헤이는 흥미가 생겼다. 그저 무료한 추격전이 될 줄 알았던 이 싸움이 재밌어질 것만 같았다.

하지만 그래 봤자, 프라이팬 살인마는 자신과 레벨 격차가 크다. 자신은 신 클래스인 저주의 기사니까. 이 저주의 기사가 가진 능력은 레벨 100 차이도 좁힐 수 있을 정도로 엄청난 힘을 가졌다. 그에게 공격을 한 번만 허용해도 순식간에 팔이 썩어 들어가는 저주에 걸린다. 즉, 스치기만 해도 상대방의 전력을 대폭 감소시킨다는 뜻. 게다가 그가 가진 디버프 능력들도 상상을 초월한다.

'가볍게 가지고 놀아야겠군.'

그는 유저들이 자신의 디버프에 걸려 허우적거리는 걸 보면서 낄낄거리며 좋아하기도 했다.

그때 알림이 들렸다.

[업데이트를 위한 생방송이 진행될 예정입니다.]
[노출을 원하시지 않는 유저의 경우 거절하시면 얼굴이 모자이크 처리됩니다.]
[추후 원할 시 모자이크 상태를 해제하실 수도 있습니다.]

'호오?'

뜻밖의 재미였다. 안 그래도 코헤이는 사람들의 많은 관심을 원하는 인물! 그는 빠르게 수락하고 도망치는 발렌 왕이 있는 쪽으로 빠르게 거리를 좁혔다.

그의 핏빛 검이 붉게 물들었다. 그 힘을 허공을 향해 쏘아내자 붉은 힘이 하늘에 두둥실 떠올랐는데, 떠오른 그것은 마치 피처럼 보였다. 이어, 그것이 폭발해 주변으로 터져 나갔다. 그리고 폭발한 힘은 도망치는 발렌과 궁수, 프라이팬을 등에 찬 유저를 덮쳤다.

[눈먼 자들의 절망]
[절망의 피에 닿은 자들의 시력이 일시적으로 제한됩니다.]

그의 마법 공격력은 상당히 높은 수준이었기에 마법사들이 아니면 디버프를 튕겨내기도 매우 힘들다.

그리고 역시나.

"어어어?"

달리던 궁수 유저가 갑자기 어두워진 시야에 땅바닥을 굴렀다. 그와 함께 발렌 왕도 넘어지더니, 주변의 땅을 더듬거렸다.

"어, 어됬나! 루트. 가, 갑자기 앞이 보이지 않는다네!"

"전하, 저 여깄습니다! 어디 계십니까?"

'크하하하하! 왕이라는 자의 저 꼴을 보라지, 미개한 한국놈들 같군!'

그 모습을 보며 코헤이는 낄낄 웃어댔다.

"음?"

그러던 중, 코헤이는 고개를 갸웃했다.

프라이팬을 멘 유저. 그 유저가 부들부들 몸을 떨면서 무언가를 내려다보고 있었다. 그의 손에는 소보로빵이 들려 있었는데, 아마도 눈먼 자들의 절망에 의해서 빵에 피가 튄 듯싶었다.

'뭐지?'

코헤이가 고개를 갸웃할 때였다.

"으, 으아아아. 누, 눈이 안 보여. 흐이이익!"

사내가 허둥지둥 움직이다 넘어졌다. 허공에 손을 뻗고 당혹해하는 모습은 정말 우스꽝스러울 정도였다.

코헤이는 느긋하게 걸어가 병사들에게 말했다.

"궁수 유저는 죽이고 발렌 왕은 생포하라, 난 저 유저를 죽이지."

그는 검을 쥐고 천천히 걸어갔다. 그리고 그 앞에 도달한 순간, 힘껏 검을 들어 올렸다.

'프라이팬 살인마도 별거 아니군. 저 프라이팬 꽤 좋던데, 저거나 떨궜으면 좋겠어.'

코헤이는 그런 생각을 하며 공격 스킬을 사용해 내려쳤다.

[강력한 일격]
[단숨에 적에게 강한 대미지를 입힙니다.]

수우우우웅!

그리고 그 순간.

태애애애애앵!

빠르게 검을 들어 올린 프라이팬 살인마. 초점을 잃어 우왕 좌왕하던 그의 눈이 매서운 기세로 코헤이를 노려봤다.

"이게 재밌냐?"

코헤이는 이해할 수 없었다.

'부, 분명히 방금 전에……!'

디버프에 걸렸었는데, 어떻게 이럴 수 있단 말인가? 그는 포션을 마시거나 하지도 않았다! 그렇다면 간단하다.

'이 자식, 애초에 안 걸렸어! 연기했던 거다.'

그마저도 놀라운 사실이다. 어떻게, 레벨 200도 안 되는 놈이 디버프에 걸리지 않는단 말인가!

"네놈. 정체가 뭐냐."

코헤이가 물었다.

캡슐 방에서 나온 효남은 아쉬운 기색이 역력했다.

때마침 친구 현수도 캡슐에서 나왔다.

"야, 오늘 하루 학원 째자니까!"

"아씨, 안 돼. 저번에도 쨌다가 엄마가 집에서 팬티 바람으로 쫓아내려고 했다니까. 오늘도 째면 진짜 큰일 난다."

효남도 아테네의 재미를 더 느끼고 싶었지만 어쩔 수 없었다.

그러던 중, 캡슐 방 휴게소에 사람들이 바글바글 몰려 있는 게 보였다. 효남은 고개를 갸웃하며 다가갔다.

그 순간, 캡슐 방 휴게소의 커다란 TV에서 남성의 힘 있는 목소리와 함께, 그가 말하는 문구가 스크린에 떠오르고 있었다.

[아테네. 북부 대륙 업데이트!]

"오?"

"와……."

주변 사람들이 관심을 가지고 지켜본다.

효남이 슬쩍 고개를 돌리자 캡슐 방 사장님이 말했다.

"지금 인터넷으로 생방송 시작하는 거 제가 캐치 해서 곧바로 TV 화면으로 전환시킨 겁니다."

저 잘했죠? 하는 모습이 귀여운 사장님이었다. 그리고 계속되는 자막과 함께 북부 대륙의 모습이 보인다.

[풀리지 않은 미지의 세계!]
[격돌하는 두 개의 제국!]
[살아남기 위한 쟁투!]
[그리고⋯⋯.]

한 사내의 얼굴이 비쳤다.

[살아야만 하는 자. 북부 대륙 발키리 왕국의 왕 발렌!]
[그리고 그를 추격하는, 빼앗으려는 자들!]

추격하는 자들이란 말에 사람들의 이목이 집중되었다.

또다시 화면이 전환되고 그곳에 한 사내의 얼굴이 떠올랐다. 바로 코헤이였다.

"어, 저 ×색히!"

"저 새끼, 험한 쩌는 놈이잖아!"

"헐⋯⋯ 사진으로 보니까, 핵 못생김! 심지어 모공도 못생김!"

"근데 이렇게 막 얼굴 까도 되나?"

"저기 보니까, 아주 작은 크기로 '유저들에게 모자이크 처리 여부를 확인 후 방송합니다'라고 쓰여 있네."

캡슐 방 사람들은 전부 비난을 쏟아부었다.

그럴 수밖에 없었다.

코헤이는 자신 스스로 험한이라고 칭하고, 자신의 디버프 능력에 걸린 유저들의 동영상을 올리며 일본말로 '빠가~'라고 놀리고 낄낄 웃어댔다. 그에 많은 우리나라 네티즌들이 눈살을 찌푸렸다.

현재는 국내 유저지만, 그는 개의치 않고 그런 행동을 반복하고 있었다.

그리고 확실한 것 한 가지.

"얼마 전에 마에스트로 바르지 않았나?"

전설 클래스 중 하나인 마에스트로! 400레벨대의 그를 얼마 전 코헤이가 사냥하고 그 앞에서 '빠가야로!'라면서 비웃었다. 때문에 그가 강하다는 건 인정할 수밖에 없었다.

곧이어 장면이 또 다른 영상으로 변환되기 시작했다.

[그들로부터 지키려는 자들! 빼앗으려는 자들과 지키려는 자들의 피 끓는 혈투!]

이번엔 3인칭 시점으로 숲을 보여주고 있었다.

그곳에 발렌, 궁수, 프라이팬을 찬 유저. 그리고 먼 곳에서 이들을 발견한 코헤이가 보였다.

궁수 유저는 모자이크 상태였고 프라이팬을 찬 유저는 애초에 투구를 쓰고 있었기에 해당하지 않는 듯했다. 발렌은 NPC이기에 그런 승인, 거부 자체가 없는 듯 얼굴이 적나라하게 드러났다.

곧 코헤이가 허공 위로 붉은 피를 쏘아 올렸다.

퍼어어엉!

그러자 붉은 피가 터지며 사방팔방으로 튀었다. 왕과 궁수, 프라이팬을 등에 찬 유저가 혼란에 빠졌다.

"아……! 안 돼! 안 된다고!"

"저 새끼, 또 처웃네! 아오! 열 받아!"

"……."

모두가 말문을 잃었다. 심지어 이필립스 제국의 유저가 아닌 이들도 코헤이의 행동에 눈살을 찌푸렸다. 곧 유저 둘은 강제 로그아웃 당하고 발렌 왕은 끌려가겠지.

"아, 나 못 보겠다."

아무리 게임이라지만 아테네는 너무 생생했다. 그에 효남이 눈을 질끈 감았다. 저들을 유린하는 코헤이의 모습이 보고 싶지 않았다.

이어 소리가 울렸다.

[태애애애앵!]

그것은 분명히 검을 막아내는 소리였다.

효남은 슬며시 눈을 떴다. 옆에 있던 친구 현수는 주먹을 꽉 쥐고 부르르르 떨면서 감탄사를 터뜨리고 있었다.

"와……!"

영상 속에서 코헤이의 검을 막아낸 사내가 말했다.

[이게 재밌냐?]

딱 이 자리에 있는 사람들이 하고 싶은 말이었다.

그를 보며 놀란 표정을 짓던 코헤이. 그가 입을 뗐다.

[네놈. 정체가 뭐냐.]

사내는 대답하지 않았다. 단지, 행동으로 보여줄 뿐.

[파지지지지직!]

사내의 검에 스파크가 튀기 시작하고 주변이 진동하며 땅의 흙먼지가 피어오른다.

사내가 차가운 목소리로 말했다.

[비산하는 검.]

민혁은 발렌과 함께 달리면서 갑작스럽게 허공에 쏘아진 핏덩이를 볼 수 있었다. 그 피가 터져 나가 몸에 튄 순간.

[눈먼 자들의 절망]
[절망의 피에 닿은 이들의 시력이 일시적으로 제한됩니다.]
[모든 상태 이상으로부터 버텨낼 수 있는 만독불침의 육체를 가지고 계십니다.]
[상태 이상으로부터 저항합니다.]

신의 첫 번째 요리인 족발 세트를 먹은 덕에, 민혁은 모든 상태 이상에 걸리지 않는 만독불침의 육체를 얻어 상태 이상에 걸리지 않을 수 있었다!

민혁은 시력을 잃고 쓰러지는 발렌과 루트를 보았다. 그리고 먼 곳에서 그런 그들을 보며 낄낄낄 웃어대는 한 유저를 보았다.

그는 미간을 구기다가 조금 전까지 막 배가 고파 먹기 위해 꺼냈던 소보로빵을 봤다.

'헉······!'

민혁은 경악했다. 마지막 하나 남은 것이었다. 겉은 바삭바삭하고 속은 그 어떤 빵보다 촉촉한 맛있는 소보로빵! 그 소보로빵에 피가 튀어버렸다니! 그의 몸이 부들부들 떨렸다.

그는 잠시 소보로빵을 바라보며 생각했다.

'내 소중한 소보로…… 빵……!'

하지만 사내는 그런 자신들을 보면서 낄낄낄 비웃어대고 있었다. 그에 민혁의 분노는 극에 달할 수밖에 없었다.

민혁은 결정했다. 저 사내에게 소보로빵의 복수를 하는 것으로! 단 한 수에 소보로빵을 노린(?) 저자를 잡을 묘책이 필요하다. 나머지 병력은 자신과 루트라면 잡을 수 있을 것이다.

그렇게 민혁은 연기를 시작했다. 그리고 자신들을 가지고 놀 듯하다 죽이려는 듯한 기색의 그 사내가 다가왔을 때 검을 막아냈다.

이어 사내가 물었을 때, 그는 오로지 힘으로 답했다.

파지지지짓!

엘레의 검에 강력한 힘이 맺혔다. 그러자 붉은 기운이 넘실거리고, 땅이 작게 진동했다.

그 진동에 사내, 코헤이는 직감했다.

'위험하다……!'

그렇게 생각한 순간. 엘레의 검이 코헤이를 튕겨냈다.

태애앵!

민혁은 빠르게 거리를 좁히며 코헤이를 공격했다.

'막아야 해!'

코헤이는 방어 스킬을 사용했다.

[저주받은 자의 방패]

[저주받은 자들로 구축된 방패를 생성합니다.]

꽈드드드드득!

땅에서 숫구쳐 올라오는 뼛조각들이 빠르게 사각 방패의 모양을 구축했다. 코헤이는 그 뒤에 숨은 후, 숨을 죽였다.

붉은 기운과 방패가 직격한 순간.

[비산하는 검]

[한 번의 일격으로 여섯 번 연속 타격하며, 30%의 추가 대미지가 붙습니다.]

꽈꽈꽈꽈꽈꽈쾅!

첫 번째 타격에 방패가 흔들렸다. 두 번째에 작은 금이 가고, 세 번째에 금이 더 커졌다. 그리고 네 번째에 코헤이는 불길한 소리를 들을 수 있었다.

빠지지직!

그리고 다섯 번째에 뼈로 만들어진 방패가 부서져 버렸다.

"커어업!"

코헤이는 깜짝 놀랄 수밖에 없었다. 복부를 비집고 들어오는 검! 그와 함께 연속으로 또 한 번 대미지가 들어왔다.

"쿨럭!"

그가 입에서 피를 토해냈다.

뒤로 밀려나면서 코헤이의 핏빛 검이 움직였다.

수화아아아악!

[피를 탐하는 저주의 신]
[상대방의 HP와 자신의 HP를 교환합니다.]
[피를 탐하는 저주의 신의 리스크로 모든 스텟 1이 소멸합니다.]

이어 들린 알림에 코헤이는 눈을 찌푸렸다.

[피를 탐하는 저주의 신이 실패합니다.]

피를 탐하는 저주의 신은 하루에 총 세 번 사용할 수 있다. 효과가 뛰어난 만큼 리스크가 큰 스킬이긴 하지만 지금은 이 방법밖에 없다.

그는 다시 한번 프라이팬 살인마에게 스킬을 사용했다.

[피를 탐하는 저주의 신이 실패합니다.]

'뭐야!'

이제 확신이 섰다. 앞에 있는 민혁은 상태 이상이 소용없는 존재였다.

'도대체 어떻게⋯⋯!'

그건 알 수 없다. 하지만 확실한 건 지금 회복하지 않으면 자신은 꼼짝 없이 죽을 것이다.

그 순간, 민혁이 또다시 공격을 시도하려 했다.

코헤이는 빠르게 결단을 내렸다. 그리고 옆쪽에 서 있던 병사 한 명에게 스킬을 사용했다.

[피를 탐하는 저주의 신]
[상대방의 HP와 자신의 HP를 교환합니다.]
[피를 탐하는 저주의 신의 리스크로 모든 스텟 1이 소멸합니다.]
[교환에 성공합니다.]

"끄아아아악!"

병사가 비명을 지르며 바닥을 굴렀다. 하지만 코헤이의 몸은 오히려 상처가 회복되기 시작했다.

"네놈⋯⋯."

코헤이는 눈살을 찌푸렸다.

그는 찰나에 결단했다. 이자에게는 어떤 저주 마법도 걸리지 않을 것이라고.

그의 '부패시키는 자'라는 스킬은 공격에 닿자마자 모든 피부를 썩게 만든다. 그리고 '저주 신의 함성'이라는 스킬은 순간적으로 상대방의 공격력을 40% 감소시키고, 또한 적중률도 40% 감소시킨다.

하지만 이러한 엄청난 스킬들을 가지고 있음에도 민혁에겐 전부 무용지물이었다. 즉, 그에게 최악의 적인 셈.

'아니, 그래도 이길 수 있다……!'

실제로 모든 스킬들을 빼고 보았을 때 코헤이의 순수한 무력 수치는 약 280 정도였다. 실제 레벨은 300이었지만 저주의 기사는 MP를 많이 필요로 해서 그에 투자를 꽤 했기 때문이다. 그래도 280레벨대의 무력. 거기에 그의 피지컬과 실력 등으로 사내를 압박하면 충분하다.

'심지어 저자는 레벨이 낮아……!'

저자에게 진다면 얼굴을 못 들고 다닐 거다.

"후-우!"

코헤이를 보며 민혁이 숨을 골랐다. 그리고 루트와 발렌을 보았다. 어느덧 그들은 눈먼 자들의 절망에서 풀려나 있었다.

"먼저 가세요."

루트는 그를 보며 말문을 잇지 못했다.

'이, 이게 무슨 요리사야……?'

루트는 시력을 되찾자마자 보았다. 코헤이, 저주의 기사를.

그는 루트도 잘 알고 있는 인물이었다.

그리고 이어지는 전투는 루트를 당혹하게 만들었다.

'내, 내가 말도 안 되는 사람들과 동행하고 있었어……'

열 명이 넘는 궁수들을 혼자 막아내던 지니, 그리고 코헤이를 밀어붙이는 민혁까지!

"알겠습니다."

루트도 상당한 고레벨 유저. 또한, 그의 활의 정확도는 따라올 자가 많지 않다. 그가 놀람을 뒤로하고 발렌과 함께 달리자, 병사들이 그들을 추격하기 시작했다.

민혁이 병사들을 공격하려던 순간.

태애애애앵!

코헤이가 앞으로 나서며 그를 막아섰다. 그에 민혁이 한 걸음을 떼자.

수화아아악!

코헤이의 검이 민혁을 빠르게 공격했다.

수우웅! 수우우웅!

그리고 찰나의 틈에 코헤이의 검이 위에서 아래로 내려쳐졌다.

사정거리 안에 들어온 민혁을 본 코헤이는 직감했다.

'잡는다……!'

그의 검은 자그마치 에픽 등급인 파멸의 검! 심지어 갑옷에 직격할 시 아머 브레이크 효과가 발동한다. 물론 검의 공격력이 방어력보다 높아야 한다는 조건이 있긴 하지만, 이 정도라면 그의 갑옷을 쪼갤 수 있을 것이다. 갑옷을 쪼갠다면 방어력이 하락하고 단숨에 잡을 수 있을 터!

하지만.

끼디디디딕!

검은 갑옷을 가르지 못하고 얇은 선만 그었다.

'……이 갑옷 방어력이 도대체 몇이길래?'

코헤이가 눈을 크게 뜬 순간.

"스텝."

빠르게 거리를 좁히며 민혁이 움직였다.

민혁은 이제 스텝을 밟으면서 공격을 취할 수 있게 되지 않았는가! 스텝을 이용한 그가 두 번 빠르게 접어 움직였다.

코헤이는 민혁이 빠르게 1m를 움직이는 순간 검이 스쳐 지나가자 깜짝 놀랐다.

태애애앵!

한 번의 검은 놀라운 반사 신경으로 막아냈다. 하지만 두 번째는 달랐다.

푸지익!

"크흡!"

코헤이가 뒷걸음질 쳤다.

'미친…… 실력까지 뛰어나잖아!'

로반과 싸울 때 꽤 싸운다고 들었지만, 실제로 싸워보자 민혁은 모든 면에서 대단했다. 하지만 코헤이도 당하기만 하는 것은 아니었다.

곧 그의 검에 강력한 힘이 맺혔다.

[저주 신의 포효]
[강력한 저주의 귀신들이 적을 압박하며 공격이 성공하는 순간 폭발합니다.]

코헤이의 등 뒤로 거대한 해골들이 생겨났다. 해골들은 제각각 검, 창, 도끼와 같은 무기들을 쥐고 있었는데, 허공에 두둥실 떠오르더니 민혁을 향해 날아갔다.

"키헤헤헤헤헤!"

"키히히히히히히히!"

탱탱! 탱탱탱!

놈들의 공격을 막아내던 중, 한 녀석의 검이 민혁을 스치고 지나갔다. 그 순간.

콰아아아아앙!

강력한 폭발과 함께 민혁이 뒤로 날아갔다.

"크흡!"

민혁의 HP가 순식간에 20%나 깎여 나갔다.

다시금 해골들이 빠르게 다가온다. 그리고 코헤이 역시 거리를 좁힌다.

콰아아아앙!

공격을 또 한 번 허용하자 다시 폭발이 일었다.

바닥을 구른 민혁은 서둘러 일어서서 난무하는 검을 사용했다.

[난무하는 검]

[7초 동안 무차별적인 검의 난무에 35% 추가 대미지가 붙습니다.]

푸화앗!

푸화아앗!

푸화아아앗!

해골 병사들을 스치고 지나가는 검의 잔상들. 해골들이 그 공격을 견디지 못하고 허공에 흩어져 소멸되었다.

민혁은 서둘러 품에서 초코바를 꺼내 먹었다.

푸쉬이이익!

[흡수 전환]

[30~40%의 HP를 회복시킵니다.]

몸이 빠른 속도로 회복된 민혁이 숨을 고르게 뱉었다.

'빠르게 끝내야 한다.'

이제 흡수 전환은 당분간 사용할 수 없다. 또한, 언제 적들이 무더기로 몰려올지 모른다.

민혁은 시간을 끌수록 불리하다는 걸 깨달았다. 코헤이 역시 마찬가지인 듯싶었다.

그리고 현재 이 전투 장면은 생중계로 전국 곳곳에 방송되었고, 실시간 댓글도 빠르게 올라오고 있었다.

[lkvkjk313: 와, 코헤이 발리네! 사이다! 캬!]

[g1fqada: ? 코헤이가 이기고 있는 거 아니에요?]

[꼴에지존: ㄴㄴㄴㄴ 코헤이가 지고 있는 것 같아요, 근데 저 사람 프라이팬 살인마라는 것 같던데.]

[bqwd13: ㅈㄹ, 프라이팬 살인마 며칠 전에 절규의 언덕에 있었는데, 코헤이랑 어떻게 싸움. 레벨을 며칠 만에 80을 넘게 올리는 게 가능?]

아레스 길드에선 이미 확신하고 있었지만 다른 유저들은 맞다, 아니다로 논란 중이었다.

[bdfk1fgfg1: 근데 지금 다른 사람들이 프라이팬 살인마 맞다고 추정하는 글 보니까, 진짜 맞는 거 같던데여?]

[팅팅탱탱: ㅇㅇ 저도 프라이팬 살인마 맞는 거 같습니다. 라밴 마을 샐로브의 땅 스크린샷, 거기서 삐이이이 하는 울음소리 낸 거 하면 맞는 듯.]

[개미똥꾸: ㅋㅋㅋㅋㅋㅋㅋㅋㅋㅋ, 프라이팬 살인마? ㄴㄴ 쟤는 그냥 프라이팬 살인마 코스프레하는 관종 고렙일 뿐임, 이 짧은 시간에 저런 폭렙이

말이 됩니까? 만약 쟤가 프라이팬 살인마면 저 캐삭합니닼ㅋㅋㅋ 스샷들 찍으셈 ㅇㅇ. 어휴, 바보들. 저걸 프라이팬 살인마라고 믿다니. ㅉㅉㅉㅉ]

[칼칼: 오, 캐삭한다는 말 스샷 찍음.]

[올레꼴레: 저도 스샷 찍음여.]

그리고 그 내기를 알 리 없는 두 사람.

둘 중 코헤이가 마지막 한 번을 준비했다.

그의 몸에서 검은 기류가 폭사되었다. 몸의 핏줄들이 검은 색으로 튀어나오고 핏빛으로 물들었던 검이 검게 변했다.

코헤이는 민혁을 향해 그 검은 기류를 힘껏 쏘아 보냈다. 그가 가진 가장 강력한 공격 스킬 중 하나였다.

[저주 신의 전투]
[모든 것을 소멸시키는 강력한 힘.]

쏴아아아아아!

민혁은 쏘아져 오는 검은 기류를 피할 수 없음을 느꼈다. 그래서 등 뒤의 프라이팬을 꺼냈다. 피할 수 없다면 막는 수밖에 없었다.

[프라이팬 거대화]
[마력량에 따라 프라이팬 크기를 조절할 수 있습니다.]

민혁의 프라이팬이 그의 몸을 덮을 만큼 커다래졌다.

프라이팬과 검은 기류가 충돌한 순간.

콰아아아아아앙!

커다란 굉음이 주변을 뒤흔들며 흙먼지가 자욱하게 피어 올랐다.

그 안에 있는 코헤이는 알 수 있었다.

'미친, 저주 신의 전투가 저 프라이팬을 뚫지 못하다니……!'

저주 신의 전투정도면 단숨에 아티팩트의 내구도를 바닥까지 만들어야 정상이었다. 하지만 저 사내는 프라이팬으로 방어하고 있었다.

검은 기류가 사라진 순간.

수화아아앗!

흙먼지에서 튀어나온 민혁의 검이 그의 복부를 꿰뚫었다.

코헤이가 자신의 복부를 내려다봤다. 그리고 툭 내뱉었다.

"……×발?"

곧이어 그의 몸이 천천히 허물어지기 시작했다.

그렇게 전투가 끝나고, 민혁은 몸을 돌렸다.

그리고 실시간 생방송 댓글들이 이어졌다.

[dgsfad: 프라이팬 커지는 거 프라이팬 살인마밖에 못 쓰는 거니까, 인증 끝난 듯 ㅇㅇ.]

[gadfb24: 개미똥꾸 님, 캐삭하셔야 할 듯요. (사진)]

[zzdwaq1235: 여기도 인증 있음. (사진)]

[겔로그: 콩그레츄~ 캐삭~ 콩그레츄~ 캐삭~ 당신의 캐삭을 축하합니다~]

[꾸르잼: 캐삭 ㅊㅋㅊㅋ염. 인증 필수! 당신의 용기에 부ㄹ…… 아니, 무릎을 탁! 치고 갑니다!]

[개미똥꾸: ……헐?]

개미똥꾸라는 닉네임의 유저는 말문을 잃었다.

2장
재회(2)

달리는 발렌은 지친 기색이 역력해 보였다. 그리고 루트도 마찬가지였다.

"허억, 허억."

발렌은 걱정스러움이 가득했다. 자신들과 동행했던 여인, 그리고 요리사 민혁. 그들이 자신에 의해 죽어가는 소리가 들리는 것 같았다.

지니라는 여인은 분명히 강해 보였다. 하지만 혼자서 그 많은 숫자를 상대할 수 있을 리 없다.

또 민혁.

'아무리 그가 강해도…….'

자신들에게 저주를 걸었던 사내 코헤이는 엄청난 강자 같았다. 그에 발렌의 입술이 질끈 깨물어졌다.

"너무 걱정하지 마십시오. 전하."

"……?"

"저희 이방인들은 죽어도 다시 살아나는 불사의 존재들 아닙니까."

"……아, 그렇지!"

그제야 발렌에게 작은 미소가 감돌았다. 그들에게 보답하리라, 내 꼭 살아서 돌아간다면 그들에게 해줄 수 있는 모든 것을 해주리라!

바로 그때.

"전하!"

화살 다섯 발이 날아오는 것을 본 루트가 서둘러 몸을 날렸다.

그는 허리춤의 단도를 서둘러 꺼냈다. 그리고 날아오는 화살을 갈라냈다.

팍! 팟! 팟!

하지만 그중 한 발의 화살을 막아내지 못했고, 그 화살은 발렌의 어깨를 노리고 날아왔다.

루트가 서둘러 자신의 등으로 발렌을 감쌌다.

푸웃!

"큽!"

"자, 자네……!"

발렌이 신음을 흘리는 그를 보며 걱정하는 기색을 보였다.

루트는 서둘러 어깨에 박힌 화살을 끊어냈다.

푸직!

"후우!"

쫓아오던 다섯의 병사들을 이제 피할 수 없다고 생각한 루트가 활을 들었다. 그리고는 활시위에 화살을 걸고 주변을 매섭게 살폈다.

수우우웅! 수우우우웅!

또다시 날아오는 화살들.

'MP가 없다.'

그렇다면 방법은 하나밖에 없다.

'오로지 내 실력으로……!'

그는 힘껏 활시위를 당겼다. 그리고 날아오는 화살에 자신의 화살을 쐈다.

쐐에에에엑- 퍼짓!

화살 한 발을 상쇄시키고 이어서 빠르게 다시 한 발을 건다. 그러면서 바로 활시위를 통겼다.

엄청난 적중률과 빠른 재장전!

콰직!

남은 화살 한 발은 근처의 나무에 박혔다. 루트는 날아오는 화살들의 시간과 위치를 정확히 계산하여 자신들을 향할 것은 부수고 빗나갈 것은 굳이 건들지 않은 것.

그는 그치지 않고 활시위를 걸었다.

쐐에에에에엑!

두 발의 화살이 맹렬한 속도로 날아가며 숨어 있던 병사 한 명을 꿰뚫었다.

푸직!

"끄아아악!"

그리고 또 한 번.

쐐에에에엑- 푸직!

"끄아아앗!"

단숨에 두 명을 잡은 루트는 주변을 침착하게 살폈다.

그리고 발렌은 다소 놀란 표정이었다.

'루트는 들어온 지 얼마 안 되었지.'

그래서인지 발렌은 그의 실력에 대해 잘 모르고 있었다.

루트는 아테네의 직업이 특별하진 않았지만, 현실에서의 이력이 화려했다.

전 양궁 금메달리스트. 한때 올림픽 유망주였던 그는 교통사고로 인한 하반신 마비로 폐인처럼 지내고 있었다.

그런 그에게 아테네는 새로운 세상이고 다시 활을 쏠 수 있는 곳이었다.

쐐애에에에엑!

강력한 힘을 담고 날아오는 불에 휩싸인 파이어 애로우.

루트는 또다시 힘껏 화살을 쐈다. 그러자 바로 그의 앞에서 부서지는 파이어 애로우!

화르르르륵!

그의 앞에서 흩날리며 떨어지는 화염의 잔재들! 정말 놀라울 정도의 실력이다.

루트는 매서운 눈빛으로 또 한 번 화살을 걸었다.

'MP가 스킬 한 번 쓸 수 있을 정도로 찼다. 한 놈은 스킬로 잡고 남은 한 놈은 그냥 잡는다.'

스킬을 사용해 목을 꿰뚫는다면 적을 단숨에 잡을 수 있다.

[조준 샷]
[급소를 적중시키는 화살.]

화살이 맹렬한 속도로 날아가 적의 목을 단숨에 관통했다.

푸지익!

적은 비명조차 지르지 못하고 절명했다. 그 모습을 확인한 루트는 다시 활시위를 당기며 서둘러 몸을 비틀었다.

쐐에에에에엑!

다시 날아간 화살. 그 화살 역시 정확히 적의 목을 꿰뚫었다.

수우우우웅!

그 순간, 루트의 머리를 노리고 화살 한 발이 날아왔다.

'……빌어먹을, 이건 못 피해.'

그는 미간을 찌푸렸다.

"전하, 꼭 살아서 돌아가십시오!"

그 말을 끝으로 루트는 강제 로그아웃될 것이라 직감했다.

바로 그때.

화르르르르륵!

갑자기 나타난 거대한 불길에 의해 화살이 타올라 사라졌다.

"……헉!"

루트는 깜짝 놀랐다. 그 불길이 다름 아닌 사람이었기 때문이다.

곧 불이 붙은 작은 체구의 사내의 몸의 불이 사라졌다. 사내는 자신이 쓰고 있는 밀짚모자를 검지로 들어 올리며 씨익 웃었다.

"오오오오오, 나 방금 진짜 에이스 같았어!"

"우쭈쭈쭈, 우리 에이스 그랬쪄영?"

곳곳에서 정체 모를 사람들이 모습을 드러내기 시작했다. 그들은 척 보기에도 휘황찬란해 보이는 아티팩트를 착용하고 있었다.

격투가로 보이는 사내가 말했다.

"와, 님 활 실력 최고이던데요? 심지어 스킬도 한 번밖에 안 쓰셨는데, 어떻게 맞추신 거지?"

"인정. 진짜 멋있었어요."

그들이 감탄사를 보냈다.

"아. 아아, 네. 가, 감사합니다."

하지만 루트는 경계심을 늦추지 않았다.

'이자들 정체가 뭐지? 적군인가, 아군인가.'

그것도 문제였기 때문이다.

격투가로 보이는 사내, 칸이 다시 한번 입을 열었다.

"지니는 어딨습니까?"

"지니요?"

루트는 고개를 갸웃했다.

지니? 지니가 누구지? 자신과 동행한 이 중에 그런 닉네임을 가졌던 유저는 없었다. 하지만 그런 비슷한 닉네임을 가진 유저는 있었다.

"로니 말씀이신가요?"

"네. 먹을 거 던져주면 막 함박웃음 지으면서 좋아하는 채찍 변녀요."

"아…… 채찍 변녀……. 로니 님이 맞는 것 같긴 한데……."

"로니가 제가 말하는 지니가 맞습니다."

지니는 정체를 숨기기 위해 '로니'라는 닉네임을 사용하기도 했다.

루트는 그제서야 생각해 냈다.

'지니 님의 동료들?'

조금 전에 지니가 자신의 길드원들을 부르겠다고 한 말을 얼핏 들었던 것을.

"참, 프라이팬 찬 놈은요?"

"아, 민혁 님이요?"

"네. 그 빌어먹…… 아니, 그 친구요."

칸이 능글능글 웃으면서 하는 말에 루트는 고개를 갸웃했다가 뒤를 가리켰다.

"저쪽에서 코헤이와 싸우고 있습니다."

"아하."

그러던 중 한 사내가 말했다.

"지금 친구한테 귓속말 왔는데, 민혁 님이란 분이 코헤이 이겼다는데요?"

"……정말입니까?"

그에 먼저 반응한 건 칸이 아닌 바로 루트였다.

"진짜예요?"

"아, 네."

조금 전 그 말을 했던 사내가 끄덕이자 루트의 입가에 안도의 미소가 감돌았다.

'미, 민혁 님께서 코헤이를 이기다니……!'

그의 주먹이 꽉 쥐어졌다.

이어 칸이 말했다.

"여기 손 한 번 흔들면서 인사해 주세요."

"네? 적이 또 있습니까?"

"아니요. 지금 생방송 중이잖아요."

"아, 맞다. 그랬지. 참……."

루트는 모자이크 처리를 원했었다. 하지만 너무 급박한 상황인지라 생방송 중인지도 깜빡했었다.

"아마 지금쯤 댓글이 난리 났을 거 같은데."

"왜요?"

"님의 활 솜씨를 보고 전국의 2,000만 아테네 유저들이 감탄하고 있을 테니까요."

"……?"

루트는 고개를 갸웃했지만 사실이었다. 지금 댓글은 난리가 나 있었다.

[gadd13: 와, 활 쏘는 거 봤어요? 진짜 지렸다……!]

[뚱보브라더스: 캬! 단 두 발로 300레벨대 병사 목 적중시켜서 즉사시키는 클라스 보소!]

[명궁뚱궁: ……어떻게 하면 날아오는 화살에 화살을 맞춰서 상쇄시키지…… 진짜 멋있네요…….]

하지만 루트는 어안이 벙벙한 표정으로 주변을 휙휙 둘러봤다. 그러다 물었다.

"근데 다른 길드원들은 언제 오시나요?"

"다른 길드원이라니요?"

"이, 이게 끝인가요?"

"네."

칸이 너무나 당당하게 대답했다. 이어서 뒤쪽에 있던 자들도 말했다.

"아, 너무 많이 왔나?"

"한 열 명만 와도 충분했다니까, 괜히 낮잠 자는데 깨워서리."

칸이 빙긋 웃었다.

"아, 걱정 마요. 저희면 충분하니까."

"혹시 길드명이 뭐예요?"

이 정도 자신감이라면 루트는 이들이 꽤 상위 길드의 이들이지 않을까 싶어 물었다.

그에 칸이 말했다.

"레전드요."

"……!"

이태진 팀장이 '크─!' 하는 감탄사를 터뜨렸다.

인터넷에서 실시간으로 소문나고 있는지, 시청자 수가 어마어마하게 오르고 있었다. 그리고 조금 전, 권왕 칸의 말.

[레전드요.]

그 한마디가 주는 파장은 엄청나게 컸다.

심지어 아레스 길드 전부와 레전드 길드원 전부는 모자이크 처리를 거부했다.

[zkkd13: 레전드! 지, 진짜가 나타났다!]

[blkad313: 뭐야, 지금 아레스 길드하고 레전드 길드하고 한판 붙는 거임? 졸라 재밌겠닼ㅋㅋㅋ!]

[레전드넘버원: 헐헐! 아레스 길드하고 레전드 길드하고 앙숙 아님? 아레스 길마가 레전드 잡고 싶어 안달 났던데.]

[즐쳐요: 와…… 4대 길드 아레스 vs 비공식 랭커 길드……! 지렸다.]

그리고 이어 박 팀장이 말했다.

"근데 왜 입 쓱 닫아?"

"……뭐가?"

"내가 커피값 한 달 걸었으니, 이 팀장이 이제 커피 한 달 사야지."

"OK. 한 달 커피 쏜다. 지금 그게 중요해? 사람들 반응 보라고!"

모두가 예상하지 못했던 프라이팬 살인마의 승리! 엄청난 실력을 갖춘 궁수의 현란한 활 솜씨! 그와 동시에 등장한 레전드 길드원들! 엄청난 홍보 효과를 이끌 것이다.

그리고 이제 진짜 충돌만이 남았다.

이태진 팀장의 시선이 모니터로 향했다. 그곳에서 아레스를 비롯한 그 길드원들과 병력이 지니를 둘러싸고 있었다.

10분 전.

지니는 주변을 둘러싸고 있는 수십의 병력과 혈혈단신 싸우고 있었다. 지형지물을 이용하며 빠르게 내달리는 그녀의 속도는 그들이 따라잡을 수 없을 정도로 빨랐다.

쐐에에에엑!

수풀 사이에 숨은 그녀의 채찍이 날아가 단숨에 여럿의 병사들을 갈라냈다.

푸지지익! 푸화아악!

"끄아앗!"

"으, 으아악!"

그때 길드 채팅창이 활성화됐다.

[길드 채팅 칸: 우리 거의 다 옴.]

[길드 마스터 지니: 빨리 와, 누나 죽는다!]

[길드 채팅 로크: 누나? 누나라고? 누가요?]

[길드 마스터 지니: 오빠^^;;, 빨리 좀 와주실래요?]

[길드 채팅 로크: ……그, 급한가 보구나. 알았어. 금방 갈게, 그것보다 이거 생방송 중인데, 우리 정체 밝혀?]

그 말을 듣고 지니는 생각했다.

업데이트 방송을 이런 식으로 할 줄은 꿈에도 몰랐다. 하지만 이건 기회였다.

'레전드 길드가 어떤 길드인지 확실히 보여줄 수 있는 기회지.'

물론 양날의 검이다. 만약 자신들이 실패한다면 유저들은 '아, 레전드 별거 아니었네' 하면서 낄낄거릴지도 몰랐다. 하지만 성공만 한다면 엄청난 호응을 끌어낼 수 있을 터.

[길드 마스터 지니: 밝혀. 우리가 누구인지.]

[길드 채팅 칸: ㅇㅋ, 어? 발렌 왕 발견. 궁수 유저도 같이 있네. 일단 저 사람들 좀 구해야 할 듯, 금방 갈게.]

칸이 길드 채팅을 종료했다.

'우리 길드원들이 발렌 전하와 루트 님을 잘 지켜주겠지.'

다행스러운 일이었다.

안심하던 지니가 아차 했다.

'민혁이는 어디 갔지?'

발렌과 루트만이 있다니, 이해할 수 없는 일이었다.

그렇게 달리던 중 앞을 막아서는 병력이 보였다.

지니는 서둘러 스킬을 사용했다. 그러자 그녀의 길어지는 채찍에 하얀빛이 맺혔다.

[검날의 채찍]

[채찍이 적들을 단숨에 도륙합니다.]

촤아아아아아! 촤아아아아아!

"끄아앗!"

"으아아악!"

채찍과 닿은 자들이 마치 검에 썰린 것처럼 피를 뿜어내며 쓰러졌다.

바로 그 순간.

콰아아앙!

갑자기 허공에서 나타난 사내가 지니의 앞에 착지했다. 착지하는 그 충격이 어찌나 강렬했는지, 땅에 쩌적 금이 갔을 정도다.

깜짝 놀란 지니가 한 걸음 물러났다.

2m의 큰 키, 덥수룩한 수염과 짧게 친 머리, 레더 아머. 그리고 녹이 슨 대검을 어깨에 걸친 존재.

사내의 등장과 함께 알림이 울렸다.

[극강팔인. 루마드의 출현!]

[극강팔인을 적으로 만나셨습니다.]

[상태 이상. 극도의 공포가 발동됩니다.]

[극도의 공포에 모든 스텟 20%가 하락합니다.]

[극도의 공포에 공격 적중률 20%가 하락합니다.]

[극강팔인을 사냥한 자는 보상을 획득할 수 있습니다.]

"……그, 극강팔인."

그녀의 몸이 작게 떨려왔다.

상태 이상. 극도의 공포! 하지만 그녀가 몸을 떠는 이유는 그런 이유 때문이 아니다.

극강팔인이 눈앞에 있다. 이를 사냥한다면, 엄청난 명성과 레벨업, 아티팩트를 얻을 수 있을 것이다.

대마도사 아필드, 제국검 루마드, 강철군주 오버로드 등 극강팔인의 정보는 아테네에서 오픈한 적이 있다. 그중 제국검 루마드는 극강팔인 중 여덟 번째에 해당한다.

하지만 그들 중에서 무력이 가장 낮다고 해도 그것은 극강팔인 중 약한 것일 뿐, 실제로는 엄청나게 강력한 존재였다.

그리고 첫 번째 극강팔인의 존재가 적으로 나타났다는 건 이를 의미한다.

'최소 에픽, 혹은 전설 아티팩트를 드랍할지도 모른다.'

또한, 레전드 길드의 이름은 한없이 드높아질 것이다.

그녀가 채찍을 꽉 쥐었다.

"호오, 아리따운 숙녀분께서 나와 싸우려는가?"

거구의 루마드는 가만히 있어도 살기라는 게 흘러나오고 있었다. 하지만 지니는 피식 웃었다.

"아리따운 숙녀가 강할 수도 있다는 걸 왜 몰라!"

촤아아아앗!

곧바로 채찍이 길어졌다. 그녀가 가진 스킬 중 하나를 발동한 것.

[포효하는 채찍]
[모든 것을 녹일 듯한 강력한 화염 채찍.]

촤아아아아아!

빠르게 물러선 그녀가 채찍을 힘껏 휘둘렀다. 그러자 날아가는 채찍이 모든 것을 태워 버릴 듯한 불새의 모양으로 변화했다.

화르르르르르륵!

그를 본 루마드가 대검을 양손으로 잡자, 그의 대검에 강력한 힘이 깃든다.

"하압!"

천지를 흔드는 기합성과 함께 그가 힘껏 날아오는 채찍을 위에서 아래로 내려쳤다.

콰지이이익!

피닉스가 단숨에 바닥으로 허무하게 곤두박질쳤다.

"……!"

지니가 깜짝 놀란 표정으로 한 걸음 물러났다.

'너, 너무 압도적이야.'

심지어 루마드는 검술을 펼치지도 않았다. 단 한 수에, 자신의 기술을 막아냈다. 그러고는 빠르게 거리를 좁혔다.

"아가씨가 다소 거친 채찍을 쓰는군, 채찍은 밤에 써야 맛이지!"

"이런 변태 같은 새……!"

그 말을 끝맺기 전에 루마드의 강력한 발길질이 그녀를 걸어찼다.

퍼지익!

"커헙!"

뒤로 날아간 지니가 바닥을 굴렀다.

그녀는 HP가 순식간에 15% 이상 깎여 나간 것을 볼 수 있었다.

'미친……!'

말도 안 되는 대미지다.

그리고 어느덧 지니는 몰려든 아레스 길드원과 병력에게 포위당했다.

몰려든 자들 중에는 아레스도 있었다.

아레스의 입가가 짙게 찢어졌다.

'드디어 잡을 수 있겠구나, 지니를!'

이 자리엔 아레스 길드에서 최고의 전투력을 자랑하는 1공격대장, 2공격대장, 3공격대장까지 모두 있었다.

"죽여라!"

아레스는 정정당당한 일대일 승부 따위는 하지 않는 남자였다.

그에 루마드는 흥미를 잃은 듯 뒤로 향했다.

"치잇!"

지니가 입술을 잘끈 깨물었다. 그리고 그녀의 채찍이 휘둘러졌다.

촤아아아앗! 촤아아아아앗!

아레스가 끌고 온 길드원은 총 오십이었다. 이는 퀘스트 수락 제한이 있기 때문인데, 그중에서 죽은 이들을 제외하고서도 아직 서른이 남았다. 거기에 병력까지 합치면 얼추 오십이 넘었다.

그녀는 몰려드는 적들을 보면서 하는 수 없다는 듯 가장 강력한 스킬을 사용했다.

[흩날리는 채찍]
[빠른 속도로 휘둘러지는 수십여 개의 채찍.]

촤촤촤촤촤촤촤촤촤!

허공에 수십 개의 잔상을 남기는 채찍들이 단숨에 적들을 베어내거나 유린했다. 그에 아레스와 공격대장들도 쉬이 접근하지 못했다.

'이 스킬은 MP를 너무 많이 먹어……'

이제 이 스킬만 사용하면 그녀에겐 MP가 남아 있지 않았다.

촤촤촤촷!

어느새 스킬 사용 시간이 끝났다.

지니는 한숨을 턱 쉬었다. 이윽고 흙먼지가 걷히고 끔찍한 몰골의 유저들과 병력이 보였다.

"호오."

루마드가 옆에서 감탄을 흘렸다.

그 순간.

나뒹구는 시체들 틈에서 작은 상처만 입은 아레스가 빠르게 거리를 좁혔다.

[연각]
[빠른 발차기로 적을 여섯 번 공격합니다.]

아레스의 발에 푸른빛이 서리자 그가 번쩍 뛰어올라 강력한 발차기를 날렸다.

그 외의 공격대장들도 합세했다. 동물로 변하는 야수화 능력을 가진 발크는 사자로 변하여 앞발로 내리찍었다.

[맹수의 포효]
[강력한 앞발이 적을 찢어발깁니다.]

그뿐만이 아니다.

다른 두 명의 공격대장도 강력한 스킬을 발했다.

[발도]
[온 힘을 담아 단숨에 적을 양단시킵니다.]

[죽음의 낫]
[강력한 낫이 단숨에 적을 베어냅니다.]

쏴아아아아! 수우우우웅! 화아아아아!
자신에게 맹렬한 기세로 날아오는 공격들을 보며 지니는 직 감했다.
'끝났다.'
바로 그 때. 멀리서 한 사내가 뛰어들었다.

[프라이팬 거대화]
[마력량에 따라 프라이팬 크기를 조절할 수 있습니다.]

바로 민혁이었다. 근처에서 지니의 목소리를 듣고 곧바로 달 려온 것이었다.
그가 마하바의 반지에 있는 특수 옵션 '흡수'를 아레스에게 사용했다.

[흡수]
[50%의 확률에 따라 성공할 수도 실패할 수도 있습니다.]
[연각 흡수에 성공합니다.]
[10분 안에 흡수한 스킬을 1회 사용할 수 있습니다.]

"음?"

허공에 붕 떠올라 발차기를 날리던 아레스는 땅바닥에 내려설 수밖에 없었다.

그 순간. 프라이팬과 발도가 충돌했다.

콰자아아악!

"……?"

발도를 사용한 유저, 케로는 깜짝 놀랄 수밖에 없었다.

"미친……! 무슨 프라이팬 방어력이 이렇게 높아!"

발도가 지나간 자리에 프라이팬이 움푹 파여 있었다.

그의 발도는 공격력 80%의 힘을 추가로 강화시켜 주는 힘이다. 본래라면 프라이팬을 단숨에 두 쪽 내야 한다!

그리고 민혁은 알림을 들었다.

[프라이팬의 내구도가 20% 미만으로 하락합니다.]

민혁은 눈살을 찌푸렸다.

'엄청 세다…….'

확실히 랭커들은 달랐다. 단숨에 프라이팬을 못 쓸 지경으로 만들어냈다.

민혁은 프라이팬을 다시 등에 찼다.

그 순간 사자로 변한 유저, 발크가 커다란 앞발로 민혁을 내려찍었다.

"읍!"

민혁이 반사적으로 고개를 뒤로 젖히자마자 발크의 앞발이 위에서 아래로 불멸의 갑옷에 직격했다.

[물리 대미지 반사! 두 배의 대미지를 돌려줍니다.]

콰지이이익!

"크아아아아아아!"

발크가 자신의 가슴을 찢는 뜨거운 통증에 비명을 질렀다. 사자의 모습인 그의 가슴에서 피가 솟구쳐 올랐다.

민혁은 그 순간을 놓치지 않았다.

[연각]
[빠른 발차기로 적을 여섯 번 공격합니다.]

허공에 날아오른 민혁의 다리에 푸른 기운이 맺혔다.

그와 함께.

수우우우웅!

맹렬한 회전을 하며, 비명을 지르는 사자 발크를 공격했다.

퍼지익!

연각에 맞은 발크는 정신을 차릴 수 없었다. 하지만 끝이 아니었다. 연속으로 다섯 번 추가적인 공격이 이어졌다.

퍼억! 퍼짓! 퍼엇! 퍼억!

가격당할 때마다 뼈가 으스러졌다.

[HP가 10% 미만으로 떨어집니다.]

발크가 움직이지 못했다. 그리고 마지막 발차기 한 번.

콰아아앙!

안면을 적중당한 발크가 뒤로 날아가 강제 로그아웃 당했다.

"헉……!"

아레스는 깜짝 놀란 소리를 토해냈다. 그는 믿기지 않는다는 표정이었다. 지금 발크를 강제 로그아웃시킨 공격은 자신의 능력인 연각이었으니까!

그때, 등 뒤로 거대한 사신이 낫을 들고 있는 형태의 강력한 공격을 지니가 결국 허용하고 말았다.

"크흡!"

그녀가 뒤로 한 걸음 물러섰다. HP가 순식간에 40% 이상 깎였다.

민혁이 그녀의 옆에 붙었다.

"뭐, 뭐예요……. 엄청 강하시네요."

지니는 진심으로 놀라고 있었다. 그럴 수밖에 없었다. 민혁이 보여준 무력은 상상 이상으로 뛰어났다.

"로니 님도요."

하지만 민혁도 이제 보여줄 수 있는 것이 없었다.

적들이 너무나도 많았고, 민혁은 여기에서 가장 레벨이 낮았다. 그나마 아티팩트 효과가 있었기에 버틸 수 있었던 것!

"빌어먹을 연놈들!"

아레스가 이를 뿌드득 갈았다. 마지막까지 쉬이 잡혀주지 않는구나.

그가 막 공격하려던 때였다.

퍼지익!

아레스는 갑자기 자신의 몸이 허공으로 부웅 떠오르는 걸 느꼈다.

"님, 하이요."

인사와 함께, 아레스는 볼 수 있었다. 날아가는 자신을 따라붙은 한 사내를.

그 사내가 힘껏 발을 치켜들었다. 그리고.

[거인의 발자국]
[거대한 발이 적을 단숨에 짓누릅니다.]

갑자기 등장한 사내의 발이 3m 크기로 거대해졌다.

"헉!"

허공에 붕 떠 있는 아레스는 반사적으로 양팔을 교차시켰다.

그 순간. 남자, 칸이 있는 힘을 다해 아레스를 내려찍었다.

콰아아아아아아앙!

아레스가 땅바닥에 패대기쳐졌다.

"쿨럭!"

아레스의 입에서 붉은 피가 한 움큼 토해졌다.

그리고 속속들이 등장하는 존재들!

"크하하하핫, 다 댐벼, 다 댐벼!"

"어휴, 저 미친놈, 또 지랄이네."

로크가 미친 듯한 광소를 터뜨리며, 방금 전 발도를 사용해 지니를 공격했던 2공격대장 루마를 향해 달려들었다.

"크하하하, 너 이런 거 본 적 없지? 형이 힐 해줄게!"

그런 로크의 도끼가 사내를 내리찍는 순간이었다.

푸화아악!

[미친 광전사의 힐]
[지속적인 출혈이 발생합니다.]

"헉!"

루마의 베인 팔 부분에서 피가 끊임없이 흐르기 시작했다.

[출혈량이 많습니다.]
[일시적으로 머리가 어지러워집니다.]

루마는 갑자기 머리가 띵해지는 걸 느꼈다.

그와 함께 로크가 힘껏 그의 몸 곳곳을 내리찍었다.

퍼짓! 퍼짓! 퍼짓!

"힐 힐 힐! 어때, 치료되는 것 같아? 크하하하!"

"누나, 괜찮아?"

화르르르륵!

온몸이 불에 뒤덮인 에이스가 지니의 곁으로 다가왔다.

"포션 사 왔어!"

하나에 약 1,000만 골드씩 하는 최상급 포션! 에이스가 그 포션을 지니에게 건넸고, 지니는 서둘러 포션을 마셨다.

곧이어 에이스가 움직였다.

[홍염의 지옥마]
[불에 타오르는 지옥마가 단숨에 적들을 소멸시킵니다.]

"히히히히힝!"

거대한 화염마가 생겨나며 빠르게 적들을 향해 접근했다. 그리고 단숨에 병력과 유저들을 집어삼켜 잿더미로 만들어 버렸다.

"으아아악!"

"끄아아아악!"

그런 비명 속에서 레전드 길드원들이 지니에게 물었다.

"우리 꽃돼지 어디 다쳤어?"

"아씨! 누가 우리 꽃돼지 몸에 칼 꽂았냐! 삼겹살 버리게 씨리!"

"아이참, 우리 길마님 이쁜 얼굴 다 망가졌네."

곳곳에서 나타난 길드원들이 빠르게 주변 병력을 쳐내기 시작했다.

아레스가 경악했다.

'미친……!'

레전드 길드에 비공식 랭커들이 모였다는 사실은 알고 있었지만, 그래 봤자 자신의 정예 병력과 큰 차이가 나지 않을 거라고 여겼다. 하지만 아니었다. 하나같이 각 직업군 안에서 100순위 안에 드는 강자들뿐이었다.

쐐에에에에엑!

강력한 화살 한 발이 단숨에 아레스의 옆에 있던 병사의 목을 꿰뚫었다.

'이, 이거 생방송이란 말이다, 개자식들아!'

이대론 안 된다. 이대론! 희망은 하나뿐이다.

아레스의 고개가 돌아갔다. 그가 바라보는 곳에서 제국검 루마드가 천천히 움직이기 시작했다.

그리고 민혁은.

"……뭐야, 너희."

중학교 때 친구, 칸과 로크의 등장에 당황할 수밖에 없었다.

머릿속이 혼란스러웠다. 민혁은 머리를 흔들었다. 그렇다면 혹시 옆에 있던 로니는? 생각해 보니 목소리가 익숙했다.

그가 지니를 돌아보자, 그녀가 이를 드러내 웃었다.

"그래, 양대 돼지 산맥 중 하나인 멧돼지 장군이시다."

"……헉!"

민혁은 뒤로 넘어가 엉덩방아까지 찧었다. 그에 지니의 얼굴이 찌푸려졌다.

"뭐야? 왜 그래!"

"사, 사람이 이렇게 변할 수 있나?"

지니가 눈살을 찌푸렸다.

"그거 칭찬이냐, 욕이냐……."

그때, 민혁을 돌아보며 병력 하나를 또 가뿐히 양단한 로크가 웃어댔다.

"크하하하핫, 우리도 한 번씩 볼 때마다 깜짝깜짝 놀란다."

민혁이 천천히 고개를 돌렸다. 그리고 말했다.

"지수 너……."

"그래, 인마. 나 엄청 강하……."

"진짜 지니가 보낸 메시지처럼 존못이다……! 히이익!"

"……."

순간 로크는 도끼로 적이 아닌, 민혁의 머리를 쪼개야 하나 하는 생각이 들었다.

그리고 권왕 칸.

"재회는 나중에 축하하고, 일단 이 녀석들부터 빨리 처리하자."

그가 이를 드러내 웃었다. 민혁은 어안이 벙벙했다.

그리고 그 순간.

"그래, 재회는 죽고서 하시게."

민혁을 향해 누군가 거대한 대검을 내리찍었다.

푸지이이익!

[방어력을 무시하는 대검에 당했습니다.]

[HP가 10% 미만으로 하락합니다.]

[강력한 타격에 전투 불능 상태에 빠집니다.]

[서둘러 회복하지 않으면 지속적인 출혈로 강제 로그아웃 당
합니다.]

민혁의 몸이 앞으로 고꾸라졌다.

"민혁아!"

"헉!"

"씹!"

쾅!

그리고 루마드가 힘껏 땅에 대검을 꽂았다.

"나를 잊으면 섭섭하지 않겠나?"

그의 짙은 웃음에 레전드 길드원들이 눈살을 찌푸렸다.

로크와 지니가 눈을 맞췄다.

다행스럽게도 민혁이 강제 로그아웃을 당하진 않은 것 같았다. 하지만 단 한 번의 공격에 HP가 바닥이 난 듯 입에서 피를 토하고 있었다. 반가운 재회에 이게 무슨 일이란 말인가.

"칸, 에이스. 길드원 셋을 이끌고 남은 아레스 길드원들을 해결해."

"OK!"

칸이 빠르게 답하며 몸을 일으키고 있는 아레스를 향해 달려갔다.

"그리고 남은 길드원들."

지니가 명령을 내렸다.

"보스 몹 레이드를 시작한다!"

"예!"

"라저, 꽃돼지!"

"가랏! 꽃돼지! 전광석화!"

몇몇 길드원들이 장난스러운 표정을 지으며 루마드를 노려보고 있었지만, 그들도 긴장한 기색이 역력했다. 그들도 이곳에 도착하자마자 '극도의 공포'에 따른 상태 이상에 걸렸기 때문이다.

더 놀라운 사실.

'프라이팬 살인마를 단 한 번에……'

정말 말도 안 될 정도로 강력한 힘이다.

그 순간 지니와 창술사 크로우의 시선이 마주쳤다.

끄덕-

레전드 길드원들은 대부분 베르사르 때부터 알고 지냈던 이들이다. 또한, 그들 중 외국인들도 상당수 있었는데, 그들은 지니를 찾아 함께 게임을 하고 싶다며 일부러 대한민국으로 넘어오기까지 했다. 오랜 시간 합을 맞춘 이들. 그렇다 보니 최고의 팀워크를 자랑했다.

크로우가 지면을 박찼다. 그가 든 창이 루마드가 있는 쪽 허공을 힘껏 찌른다.

수우우웅!

파공음과 함께 창끝에서 뻗어 나가는 강력한 힘!

[스피어 피스톨]
[단숨에 적의 급소를 꿰뚫는 힘.]

푸슈유유융!

총알처럼 날아가는 강력한 힘을 루마드가 대검의 면으로 막아냈다. 그리고 그 커다란 몸으로 달렸다.

'빠르다……!'

육중한 크기와 다르게 루마드는 빨랐다.

그의 속도를 늦추기 위해 지니의 공격이 이어졌다.

촤아아아아앗! 촤아아아아앗!

"짜증 나는구나."

루마드가 짙은 미소를 지으며 채찍들을 피해내다가 확 잡아챘다.

그 순간 지니는 자신의 몸이 부웅 허공에 떠올라 날아가는 걸 알 수 있었다.

루마드는 끌려오는 지니를 향해 한 손으로 가뿐히 든 대검으로 단숨에 양단 내려 했다.

그때, 전장의 신 아스갈이 움직였다. 두 개의 검을 차고 있고 은빛 단발머리를 한, 차가운 인상의 그녀가 잔상을 남긴다.

태애애애앵!

아스갈이 단숨에 루마드와 거리를 좁혀, 지니를 공격하려는 대검을 두 개의 검으로 막아냈다.

그리고.

탓!

지면을 박차고 뛰어올라 순식간에 루마드의 뒤로 이동했다.

[검귀]
[눈으로 좇을 수 없을 정도의 귀신 같은 쾌검.]

그녀의 검이 빠른 속도로 움직인다.

촤촤촤촤촤촤촤촤!

"흠!"

루마드가 채찍을 놓고 지니를 주먹으로 후려쳤다.

"큽!"

그녀가 뒤로 날아가고, 루마드가 몸을 돌려 빠르게 휘둘러지는 검을 가뿐히 막아내기 시작했다.

챙챙챙챙챙챙챙!

'미친……!'

지니는 경악했다. 아스갈의 검귀는 길드원 중에서 그 누구도 막아낼 수 없을 정도의 빠른 쾌검! 또한, 그녀는 세계 검사 랭킹 64위의 랭커 중의 랭커였다.

아스갈 또한 다소 놀란 듯 보였다.

심지어 루마드는 모든 공격을 막아내고 있는 것이 아니었다.

[공격이 실패합니다.]

그녀의 눈살이 찌푸려졌다.

상태 이상에 빠져 적중률이 20% 하락했는데, 그것이 생각보다 꽤 큰 타격을 줬다. 또한, 루마드의 방어력도 생각보다 만만치 않았다. 공격을 허용해도 작은 핏줄기만이 조금 흘러나올 정도다.

"흐읍!"

루마드의 검에 힘이 실렸다.

아스갈이 시선을 끄는 사이 바로 뒤쪽의 길드원들이 달려오고 있었다. 하지만 아스갈이 대검에 강력한 힘을 주는 순간.

파지지지직!

스파크가 튀었다.

그리고 힘껏 그것을 내리찍는 순간이었다.

콰아아아아아아앙!

땅이 뒤틀렸다.

어마어마한 일격. 뒤쪽에 있던 길드원들도 강력한 충격에 순간 몸을 가누지 못했다.

그리고 그 앞에 있는 아스갈. 그녀는 경악했다.

[귀신 갑옷]
[전장의 귀신들이 당신을 지켜냅니다.]

순식간에 허공에서 나타난 갑옷을 착용한 귀신들이 아스갈의 몸 곳곳에 달라붙었다.

아스갈은 조금 전 일격과 함께 자신을 향해 땅이 뒤틀리며 강력한 공격이 오는 걸 볼 수 있었다. 그 순간, 뒤틀리던 땅이 아스갈을 집어삼켰다.

퍼지지지직! 퍼지지지지직!

뒤틀리던 땅이 직격한 순간 날카로운 공격들이 그녀의 몸 곳곳을 공격했다.

"크흡!"

귀신 갑옷을 둘렀음에도 불구하고 막대한 대미지였다.

"쿨럭!"

결국 그녀가 피를 한 움큼 토해냈다.

그때를 놓치지 않고 루마드가 거리를 좁혔다. 그리고 커다란 대검을 휘둘렀다.

콰지익!

루마드가 그녀를 횡으로 베어내는 순간.

[방어력을 무시하는 무형의 대검에 당했습니다.]
[HP가 30% 미만으로 떨어집니다.]
[강력한 타격에 모든 스텟 70%가 감소합니다.]

그녀가 비틀거리며 쓰러졌다.

"하아 하아, 빌어먹을! 저 대검 방어력을 무시해!"

"……×발?"

"한 번만 당해도 강제 로그아웃 당할 수 있어!"

방어력 무시는 생각보다 엄청난 능력이다. 검에 붙어 있는 특수 능력인지, 혹은 루마드가 자체적으로 가진 패시브인지는 알 수 없지만, 방어력은 공격이 들어올 때 대미지를 감소시키는 효과가 있다. 그리고 방어력이 높을수록 더욱 효과를 볼 수 있다.

하지만 루마드의 알 수 없는 능력으로, 레전드 길드원들은 초보자용 낡은 갑옷을 걸친 것보다 못한 상태가 되었다.

"재밌구나, 이방인 중 이렇게 강한 자들이 모여 있다니."

루마드가 짙은 웃음을 흘렸다. 그의 소름 끼칠 정도의 차가운 웃음에 레전드 길드원들도 멈칫했다.

루마드가 그들을 향해 달려들기 시작했다.

한편, 칸을 비롯한 레전드 길드원들은 병력 정리를 하고 있었다.

수우우웅! 퍼지익!

빠르게 꽂히는 발차기를 막아낸 칸. 그가 뒤로 스텝을 밟으며 물러서곤 작게 웃었다.

"꽤 날카로운 발차기야."

"닥쳐라, 놈!"

아레스가 빠르게 거리를 좁힌다.

확실히 아레스는 발차기가 매서웠다.

[칼날 같은 발]
[발차기가 적을 베어냅니다.]

쐐에에에엑!

하얀빛이 서리며 내려쳐지는 발차기.

칸이 양손을 얼굴 앞에 가져간 상태에서 리듬을 타며 피해 냈다. 아레스가 태권도라면 칸은 복싱에 가까워 보였다.

그의 발차기를 피해내던 칸이 빈틈을 찾았다. 있는 힘을 다해 그 빈틈을 노려 주먹으로 강하게 찍었다.

그 순간.

"잡았다."

아레스가 짙게 웃었다.

순간적으로 몸을 회전시킨 아레스. 그가 안쪽으로 파고드는 그 틈을 노려 아래에서 위로 강력한 올려차기를 사용했다.

콰아아앙!

턱을 얻어맞고 허공에 부웅 뜬 칸.

"컥!"

아레스가 그대로 한 번 더 도약했다.

"아까 받은 공격의 답이다!"

그의 발에 매서운 기운이 담겼다.

콰아아아앙!

그대로 복부를 강력한 일격으로 후려쳤다.

"크읍!"

바닥을 나뒹구는 칸의 입에서 피가 쏟아졌다.

"쿨럭!"

배가 뒤틀리는 것 같은 느낌. HP가 순간적으로 30% 하락했다.

"역시 한 길드의 길마가 이 정돈 해줘야지."

칸이 퉷! 하고 피를 뱉었다.

"아, 맞다. 뒤에 봤어?"

"뒤?"

아레스가 얼굴을 구겼다.

"네 길드원과 병력들. 대부분 죽었거든."

"……!"

아레스가 슬쩍 고개를 돌렸다. 그곳엔 치열한 전투를 벌이는 자신의 길드원들이 있었다. 단 몇 명밖에 안 되는 레전드 길드원에 자신의 길드원들이 맥도 못 추리고 있었다. 하지만 대부분이 죽은 건 아니었다.

"어디서 얄은 거짓……."

"응, 구라야."

칸이 거리를 좁혔다. 그리고 그의 주먹에 강한 힘이 맺혔다.

[분노의 연타]
[20% 추가 대미지의 주먹으로 적을 열 번 연속 공격합니다.]

퍼퍼퍼퍼퍼퍼퍼퍼펏!

"크허업, 크헉!"

아레스의 가슴을 칸의 주먹이 매섭게 두들겼다. 곧 아레스가 입은 갑옷이 찌그러졌다.

그리고 마지막 한 방.

콰아아아아아앙!

아레스는 그 한 방에 뒤로 날아가 강제 로그아웃 당했다.

"남자는 주먹이지."

칸이 씨익 웃었다. 그리고 남아 있는 아레스 길드원들 정리에 합류했다.

"크흐읍!"

현상금 사냥꾼. 창술사 크로우가 루마드의 공격에 맥없이 뒤로 날아갔다. 지니가 몸을 던져 그의 충격파를 감소시켜 줬다.

"크흑!"

"꺅!"

뒤로 나뒹군 두 사람을 본 크레이지 프리스트 로크가, 미친 듯한 광소를 터뜨리며 루마드에게 접근했다.

로크는 힐러였지만, 길드원들 중에서 가장 힘과 체력이 높았다. 때문에 힘만큼은 자신 있었다.

"흐랴아압!"

길드원들을 향해 달려 나가려는 루마드를 막아선 로크가 힘껏 도끼를 휘둘렀다.

수우우웅! 수우우우웅!

"크하하하핫, 너도 내 힐 맛 좀 볼래? 힐 힐 힐!"

하지만 출혈을 일으키는 그 힐도 공격을 성공해야 가능한 일이었다.

콰지익!

루마드가 대검으로 그의 도끼를 후려쳤다. 도끼가 땅에 처박혔다.

그에 로크는 루마드의 허리를 껴안았다.

"내가 잡고 있을 테니까, 전부 집중 공격……!"

차라리 같이 죽자! 그 심산이었다. 자신이 잡고 있는 틈에 모든 길드원들이 총공격을 퍼부으면 되리라고 생각한 것.

하지만 곧.

"귀찮군."

루마드가 가뿐히 로크를 떼어냈다.

"헉!"

그리곤 힘껏 걷어찼다.

퍼억! 데굴데굴!

사태가 심각했다.

레전드 길드는 랭커들이 모인 곳. 하지만 이렇게 고전을 면치 못하는 이유는 분명히 존재했다. 유치원생 열 명이 덤빈다고 사실상 성인 한 명을 상대로 이길 수 없다.

지금 딱 그와 같은 상황이다. 레전드 길드원들은 유치원생이고 루마드는 다 큰 성인, 그것도 싸움을 잘하는 성인인 셈.

[길드 마스터 지니: 신호하는 순간, 모두 총공격을 감행한다. 아니면 방법이 없어. 리스크 있는 스킬이든 뭐든 전부 사용해!]

[길드 채팅 로크: OK!]

[길드 채팅 후렌: 예!]

지니가 숨을 죽이고 기다렸다.

곧이어 루마드가 힘껏 검을 수차례 휘둘렀다. 그가 검을 휘두를 때마다 검은 검기가 길드원들을 향해 날아갔다.

"크흐으읍!"

채찍을 휘둘러 막아내려 했지만, 그 충격파가 지니를 감쌌다.

[방어력을 무시하는 검기에 당했습니다.]
[HP가 50% 미만으로 하락합니다.]
[민첩이 일시적으로 40% 하락합니다.]

지니는 확신했다. 루마드 자체에게 방어력 무시 패시브가 있다고.

주변을 둘러보자 검기를 막은 길드원들이 모두 피를 토하거나 혹은 움직임에 제약을 받은 상태였다.

"생각보다 싱겁구만!"

루마드가 턱수염을 쓸며 터벅터벅 걸어왔다.

그가 사정거리에 들어온 순간. 지니가 눈을 빛냈다.

[검날의 채찍]
[채찍이 적들을 단숨에 도륙합니다.]

그와 함께 주변의 다른 길드원들도 자신들의 가장 큰 한 수를 사용했다.

[그레이트 스피어 붐]
[귀신왕 데카스의 검]
[드래곤 애로우]
[칼라의…….]

열 명이 넘는 길드원들이 발산하는 가장 강력한 힘! 그 강력한 힘들을 보며 루마드는 위험을 직감했다.

'피할 수 없다.'

그는 대검에 힘을 실었다. 이윽고 대검에 붉은빛이 서리고, 그것을 온 힘을 다해 휘둘렀다.

콰콰콰콰콰쾅!

대검에서 뿜어져 나간 강력한 힘이 주변에서 쏟아져 오던 힘들과 충돌을 일으켰다. 하지만 그중 몇몇 거대한 공격은 그대로 루마드에게 뻗어 나갔다.

움직임에 제한을 받았던 아스갈이 마지막 힘을 짜내어 사용한 강력한 스킬, 귀신왕 데카스가 빠르게 날아가 루마드의 몸 곳곳을 난자했다.

"크아앗!"

루마드가 처음으로 비명을 질렀다.

크로우가 사용한 스킬은, 직격하는 순간 그 대상과 반경 3m 내의 적까지 모두 소멸시켜 버린다.

콰아아아앙!

강타당한 루마드의 주변으로 폭발이 일었다.

이어서 날아가는 화살. 화살이 마치 드래곤의 브레스처럼 붉은빛으로 변하며 거대한 파공음을 냈다. 바로 레전드 길드와 함께 온, 루트가 쏜 최고의 스킬!

수화아아아악!

"크흐으읍!"

루마드가 한 걸음 뒤로 물러났다.

콰콰콰콰콰콰쾅!

그치지 않고 폭격하는 레전드 길드원들의 공격!

곧 모든 공격이 끝나고 자욱한 흙먼지가 주변을 휘감았다.

"허억허억허억!"

"나 이제 못 싸워……."

"아, 스킬 리스크 엄청 큰데……!"

"이제 때려죽여도 못 일어나……."

리스크가 있는 스킬까지 써대며 레전드 길드원들은 공격했다.

하지만 죽는 것보단 차라리 나았다. 랭커들의 죽음은 일반 유저들과 차원이 다르다. 강제 로그아웃 페널티 때문에 단숨에 다른 랭커에게 따라잡힐 수 있기 때문이다.

길드원들은 모두가 뒤로 벌러덩 엎어졌다. 하지만 지니만은 아니었다.

"……혹시 루마드 사냥 알림창 뜬 사람?"

"노놉!"

"저도 아닙니다."

"나도 아닌데?"

"나도……?"

"……!"

지니가 미간을 찌푸렸다. 뭔가 이상했다. 아무도 그 알림을 들은 이가 없다. 그 의미는 사냥하지 못했다는 의미.

"모두 일어……!"

지니가 그 말을 뱉은 순간. 자욱한 흙먼지를 비집고 루마드가 튀어나왔다. 그리고 앞에 있던 지니의 목을 틀어잡았다.

꽈아악!

"네년……!"

뿌드득-

"커헉, 컵!"

지니가 발버둥 쳤다.

루마드의 몰골은 끔찍했다. 한쪽 팔은 형체도 없이 사라져 있었고 머리와 몸 곳곳에선 피를 진득하게 흘리고 있었다. 하지만 그는 여전히 건실해 보였다.

"감히, 감히!"

루마드의 눈이 붉어져 있었다. 피눈물이 흐르는 그의 모습은 가히 공포로 다가왔다.

특히나, 목이 붙잡힌 지니는 이제 끝이라고 생각했다.

'길드원들도 전부 대부분의 힘을 소진했어……. 결국 레이드는 실패인가?'

하지만 다행스러운 것은 길드원 두 명이 발렌을 호위하며 엘레가 있는 곳을 향해 달리고 있다는 사실이었다.

'다행이야, 그래도 발렌 왕은 지켰어.'

그러던 중, 지니의 시선이 밑으로 향했다. 루마드의 뒤쪽에 민혁이 입에서 피를 토한 상태로 정신을 잃은 모습이 보였다.

'민혁이, 너 또 도망가지 마라, 알았지?'

그런 생각을 하며 지니는 자신의 목이 부러질 것을 예상했다.

그 순간. 뒤쪽에 있던 민혁의 몸의 상처가 빠른 속도로 회복되었다. 순식간에 몸의 상처를 회복한 그가 몸을 일으켰다.

'어, 어떻게……?'

회생 불가능해 보였던 중상이었다. 아니, 절대 일어설 수 없어 보였다. 하지만 민혁은 상처 하나 없이 깨끗해졌다.

그리고 루마드의 등 뒤에서 그를 향해 스파크가 튀기는 강력한 검을 들어 올리고 있었다.

민혁은 처음 공격당했을 때, 이런 생각을 했다.

'그래, 이대로 로그아웃해 버리자.'

그러면 친구들과 자연스럽게 다시 멀어질 수 있다.

생각해 보면 그것은 참으로 이기적인 행동이었다. 그들은 자신을 찾아다닌 것 같았다. 그리고 지니의 경우 오랜 시간 잊지 않고 계속 메시지를 보내줬다.

하지만 민혁은 두려웠다.

중학생 시절 누구보다 우등생이자 엄친아였으며 친구 관계도 좋았다. 하지만, 갑자기 뚱뚱해져 버렸다. 희귀병으로 인해 거동도 힘들어진 자신을 친구들이 예전처럼 받아줄까? 과연 여전히 민혁이라고 생각할까? 그런 두려움에 도망만 쳤던 것이다.

그런데, 막상 만나고 보니 자신이 이기적이었다는 생각을 하게 되었다. 최소한 그들에게 그 사실을 말해줬을 수도 있는 일이었다. 그러나 민혁은 단지, 친구들의 반응이 두려워 그들을 외면하고 피하기만 했다.

그는 누워서 많은 생각을 했다. 그때 루마드가 지니의 목을 틀어잡았고, 민혁은 일어서자고 결심했다.

'그래, 지금이 아니면……'

자신은 더 이상 친구들 앞에서 모습을 드러내지 못할 것 같았다. 그들에게, 어쩌면 앞으로의 나에게 피하기만 하는 겁쟁이로 남을지도 몰랐다.

민혁은 불멸의 갑옷에 있는 특수 능력을 사용했다.

'모든 HP와 MP를 회복한다.'

[불멸의 갑옷의 특수 능력을 사용합니다.]
[모든 HP와 MP가 빠른 속도로 차오릅니다.]

몸의 상처가 빠른 속도로 씻은 듯이 사라진 민혁이 천천히 몸을 일으켰다.

당장 루마드가 지니의 목을 비틀어 버릴 것만 같았다.

'양대 산맥의 맷돼지 장군은 내가 지킨다!!'

민혁의 검에 강렬한 힘이 실렸다. 엘레의 검술. 전설 등급으로 올라선 강력한 스킬.

[비산하는 검]

그가 있는 힘을 다해 루마드의 등에 검을 꽂았다.

콰콰콰콰콰콰쾅!

등 뒤에서 무방비 상태에서 그 힘을 맞은 루마드. 그에 저절로 지니가 풀려났다. 로크가 때를 놓치지 않고 재빠르게 그녀를 안아 들고 몸을 내던졌다.

데굴데굴.

그리고 뒤로 한 걸음 물러나 한 번의 일격을 버텨내는가 싶던 루마드. 그의 몸 곳곳에서 피가 솟구치기 시작했다.

푸쉬이이익! 푸쉬이이이익!

"크아아아아아아!"

비명이 거칠다.

하지만 놀랍게도 루마드는 쓰러지지 않았다. 그는 온 힘을 다해 남은 한쪽 팔을 대검 앞으로 뻗었다.

촤앗!

대검이 그의 힘에 이끌려 저절로 회수되었다.

온몸에서 피를 분수처럼 뿌리는 루마드가 있는 힘을 다해 몸을 돌렸다. 그리고 민혁을 향해 검을 휘둘렀다.

[루마드의 HP가 30% 미만으로 하락합니다.]
[스킬 포효가 발동됩니다.]
[일시적으로 모든 스텟이 1.4배 상승합니다.]

"……으아!"

"젠장할!"

길드원들은 탄식을 흘렸다. 저런 미친 능력을 가지고 있을 줄은 꿈에도 몰랐다.

몸을 돌린 루마드가 있는 힘을 다해 민혁을 향해 대검을 내려찍었다.

콰아아앙!

태애앵!

민혁이 양손으로 검을 들어 방어했다. 하지만 그 순간 루마드의 대검이 매섭게 공격한다.

쾅! 쾅쾅쾅! 쾅!

강력한 폭발음!

민혁의 팔이 경련을 일으켰다.

곧 루마드가 있는 힘을 다해 검은 검기를 뿌렸다.

쇄아아아아!

근접 거리에서 터져 나오는 검은 검기!

푸쉬이이익!

민혁의 가슴팍이 횡으로 베어졌다. 거의 몸의 반절을 베어 낸 대검으로 인해 민혁의 가슴팍에서 피가 솟구쳐 올랐다.

그치지 않고 루마드는 민혁의 몸 곳곳을 난자했다.

푸쉬이이익! 푸쉬이이이익! 푸쉬이이이익!

"커허헙, 커헉!"

민혁이 거친 신음을 토해냈다.

곧 민혁의 한쪽 무릎이 주르륵하고 땅에 닿았다.

루마드는 확신했다. 놈은 죽었다고.

다른 길드원들도 그렇게 생각했다. 민혁의 레벨은 알지 못하지만 높지 않았기에 이마저 버틴 것도 놀라울 지경이었다.

하지만 그 순간.

쿵!

민혁의 접혔던 무릎이 다시 펴지며 발이 땅을 밟았다.

[딛고 일어서는 자]
[HP 1이 잔존하며 3초 동안 무적 상태가 됩니다.]
[3초 동안 모든 능력치가 30% 상승합니다.]

"헉!"

"……미, 미친!"

"저, 저게 사람이야?"

엘레의 검이 보유한 특수 스킬을 모르는 길드원들은 경악할 수밖에 없었다.

"죽어라, 죽어! 빌어먹을, 제발 뒈지란 말이다!"

루마드는 마치 귀신을 본 듯 온 힘을 폭사시켜 민혁을 공격했다.

쾅쾅쾅쾅!

그러나 그에게 온 힘을 쏟아부어도 쓰러지지 않았다. 가장 강력한 스킬을 사용해도 마찬가지였다. 그 어떤 공격을 해도 민혁의 몸에 생채기 하나 생기지 않았다.

제국검 루마드! 그가 살면서 처음으로 '공포'라는 두려움을 느끼는 순간이었다.

"제, 제발 죽으란 말이다!"

그 순간, 민혁이 스텝을 사용했다.

그와 동시에.

[분노하는 검]

[강한 찌르기에 공격력 60%가 추가되며 급소 찌르기에 성공할 시 총 100%의 힘을 더 내며 폭발합니다.]

그의 검 끝에 강한 힘이 실렸다.

"으, 으아아아!"

루마드가 비명을 질렀다.

민혁은 빠르게 스텝을 밟아 잔상을 남기고 움직이면서 검으로 그의 명치를 힘껏 찔렀다.

푸지이이익!

[급소 찌르기에 성공하셨습니다.]

[100% 추가 대미지!]

그와 함께 검 끝에 응축된 힘이 강력한 폭발을 일으켰다.

콰아아아아아아아앙!

루마드의 몸의 잔재가 후두두둑 터져 나갔다. 그와 함께.

주르르르륵.

민혁도 쓰러져 내렸다. HP가 딱 1 남아 있었다.

그는 거친 숨을 몰아쉬며 하늘을 봤다. 그리고 나지막하게 말했다.

"어휴, 이 게임 고자들아, 이것도 못 잡냐."

그러면서 씨익 웃었다.

지니와 로크, 칸은 그에 황당하단 웃음을 흘렸다.

그때, 로크가 물었다.

"렙 몇이냐……?"

"221."

"……."

모두가 말문을 잃었다.

그와 함께, 민혁에게 알림이 들리기 시작했다.

[제국검 루마드를 사냥하셨습니다.]

[극강팔인을 사냥한 자 칭호를 획득합니다.]

[명성 200을 획득합니다.]

[레벨업 하셨습니다.]

[레벨업 하셨습니다.]

[레벨업······.]

민혁은 끊임없이 들리는 알림을 들었다. 하지만 귀에 들어오지 않았다. 힘들어 죽겠는데, 레벨업이고 뭐고 관심 밖이었다.

그는 품에서 초코바를 꺼내 야금야금 먹기 시작했다.

[흡수 전환]

[30~40%의 HP를 회복시킵니다.]

몸의 상처가 빠른 속도로 회복되기 시작했다. 누가 봐도 절대 회생 불가의 상태였는데, 정말 엄청난 치유력이었다.

"와, 인간 트롤이다……."

에이스가 그 모습을 보며 중얼거렸다.

그리고 민혁은 이번엔 또다시 자신의 몸에 붕대를 감기 시작했다.

"붕대 감기!"

[붕대를 최고로 잘 감았습니다.]
[상처 회복률이 5% 상승합니다.]
[회복 시간이 매우 빨라집니다.]

붕대를 감고 얼마 뒤 스르르 벗겨내니, 어느덧 상처가 대부분 아물어 있었다. 그것을 본 레전드 길드원들은 더 이상 놀랄 힘도 없다는 듯 고개를 절레절레 저었다.

그러던 중, 민혁은 조금 전까지 루마드가 있던 자리에 떨어져 있는 골드와 아티팩트를 발견할 수 있었다.

민혁은 다가가서 주웠다.

[502억 골드를 획득합니다.]

[무형검 스킬북을 획득합니다.]

[루마드의 마귀대검을 획득합니다.]

[루마드의 황금 보물 상자(이벤트)를 획득합니다.]

[루마드의 레이드에 참여했던 인원 전원이 황금 보물 상자를 획득합니다.]

"어? 황금 보물 상자다!"

"오오오오, 개이드윽!"

"캬!"

"이거 레이드 참가자 전원 보상인가 본데?"

그리고 이어 칸이 말했다.

"나, 나도 받았다!"

아마도 황금 보물 상자를 받는 기준 자체가 루마드의 극강의 공포에 빠져든 모든 인원인 것 같았다. 즉, 적으로 인식된 이들 전부였다.

어느덧 찌뿌둥한 몸을 푼 민혁에게 지니가 다가왔다.

"야."

"……."

"나쁜 새끼야."

"……그래."

민혁은 고개를 끄덕였다. 입이 열 개라도 할 말이 없었다. 곧이어 로크와 칸도 다가왔다.

칸은 한숨을 쉬며 로크를 보았다.

'이 새끼⋯⋯.'

또 뭐라고 한 소리 하는 거 아닐까? 민혁을 매일 같이 찾지 말자고 했던 로크였다. 잠수 탄 새끼 뭐하러 챙기냐고 말했던 그. 그런 그가 씩씩거리며 민혁의 앞으로 다가갔다. 그러고는 주먹을 꽉 쥐었다.

'설마 한 대 패려고?'

칸이 어떻게 해야 하나 고민하는 사이.

갑자기 로크의 눈에서 닭똥 같은 눈물이 뚝뚝 흘렀다.

"흐어어어엉, 민혁아. 진짜 오랜만이다. 흐어어억!"

"헐?"

"엥?"

칸과 지니가 고개를 갸웃했다.

당혹한 것은 민혁도 마찬가지였다. 갑자기 안긴 로크! 그가 눈물을 민혁의 갑옷에 적셨다.

"크흐흐흑!"

그러더니 이어 허공에 횈횈 손을 움직였다.

"잠깐 손 좀 줘봐, 민혁아."

"⋯⋯?"

민혁이 손을 건넸다. 그러자 그 손에 코를 '흐으으웅!' 하고 풀어내고는 훌쩍였다.

"아, 시원하다."

"이런 개쉼……."

"흐어어어어엉!"

그리고 로크는 다시 울기 시작했다.

그 모습에 민혁은 자신도 모르게 등을 토닥여 줬다. 스리슬쩍 손에 묻은 콧물을 그의 등에 다시 닦아주는 것도 잊지 않았다.

"와, 로크 님 우는 것 봐……."

"못생긴 사람이 우니까, 더 못생겼다…… 극혐!"

"……."

그 말에 로크는 울음을 뚝 그쳤다. 그러고는 '흠흠' 하는 표정을 지었다.

예상 외의 반전(?)에 칸과 지니가 피식 웃고, 민혁도 작게 웃었다. 분위기가 한층 가벼워졌다.

"일단 재회는 나중에 하고 아티팩트 정보 좀 확인하자."

지금 이 자리엔 자신들만 있는 게 아니고, 길드원들도 있었다.

민혁이 고개를 끄덕이고 확인해 봤다.

먼저 스킬북이었다.

3장
길드 가입

(무형검)

패시브 스킬

등급: 전설

제한: 힘 500, 민첩 500, 체력 400

소요 마력: 없음 / 쿨타임: 없음

효과:

- 어떠한 제약도 무시하고 익힐 수 있음.

- 개수 제한 무시

- 7~12% 확률로 상대방의 방어력을 무시하고 공격할 수 있다.

민혁은 스킬북을 확인한 다음, 핏빛 대검도 확인해 봤다.

(루마드의 마귀대검)

등급: 전설

제한: 전사, 힘 400, 체력 400

내구도: 40,000/40,000

공격력: 716

특수 능력:

- 힘+10%, 체력+12%
- 대검이지만 착용하는 순간, 일반 검처럼 가벼워진다.
- 스킬 극도의 공포
- 10~14% 확률로 2배의 추가 대미지

또 다른 전설 아티팩트였다.

스킬 극도의 공포는 말 그대로 루마드를 보는 순간 느꼈던 공포를 자신보다 10레벨 이하 낮은 이들에게 적용시킬 수 있는 스킬이었다. 단지, 전사에 한해서만 착용 가능하다는 점이 다소 아쉬운 부분이었다.

민혁은 지니에게 다가가 악수를 권했다. 곧 거래창이 활성화 되었고, 얻은 아티팩트 정보와 스킬북을 보여줬다.

"저, 전설 아티팩트와 전설 스킬북!"

공식적으로 풀려 있는 전설 아티팩트는 국내에 없었다. 물론 비공식적으로는 있을 것이다. 그럼에도 아직 레전드 길드원 중에서도 전설 아티팩트를 보유한 길드원은 없었다. 심지어 스킬북도 전설이었다.

그리고 가장 메리트가 큰 것은 바로 이것이었다.

'어떠한 제약도 무시하고 익힐 수 있다.'

사실상 스킬북과 아티팩트. 둘 중 값어치가 높은 것을 말하라고 한다면 당연히 스킬북이었다.

일단, 스킬북은 개수 제한까지 무시해 버린다. 검, 갑옷, 투구, 부츠와 같은 것은 중복 착용 불가지만 이 스킬북이 있으면 하나의 더 강력한 힘을 얻게 되는 셈. 그리고 방어력 무시는 루마드를 상대했을 때 보았던 것처럼 엄청난 능력이었다.

'이걸 어떻게 분배해야 하나?'

민혁은 고민했다. 사실상 자신은 레전드 길드원들이 HP를 거의 다 하락시켜 놨을 때, 뒤에서 기습해 루마드를 사냥했을 뿐이다. 그렇다고 자신의 소유권이 없지는 않았다.

잠시 생각하던 지니가 말했다.

"……골드는?"

"501억 골드."

"스킬북은 민혁이 네가 가지고 501억 골드는 나와 우리 길드원들이 나눠 가질게. 또 루마드의 마귀대검은 팔아서 네가 반절을 가지고 우리가 반절을 가져갈게. 어때?"

"……?"

민혁은 그 말에 다소 놀랄 수밖에 없었다. 민혁에게 완전 거저 준다는 말이었기 때문이다.

501억 골드는 사실상 레전드 길드원들한테 물약값도 안 되는, 얼마 안 하는 돈일 거다. 심지어 레전드 길드원들, 딱 한 명만 콕 집어도 한 사람당 월 1~10억 사이의 수익을 올리고 있을 거다.

이제 아테네는 단순한 게임이 아니었다. 잘 만하면 정말 사업이 되는 게 바로 아테네라는 가상현실게임이었다. 그런데 그들이 욕심을 버리고 '전설' 스킬북을 양보하는 손해를 보려고 한다.

"왜 그렇게까지 하는 거야?"

"그렇게까지가 아니야, 루마드를 처음 대면했을 때, 사냥한 자가 보상을 획득한다고 되어 있었어. 그리고 마지막 마무리는 사실 민혁이 네가 지었고. 만약 네가 잡지 못했다면 우리 모두 전멸이었어."

레전드 길드원들이 전부 전멸했다면 타격은 생각보다 컸을 것이다. 그들 모두가 랭커에서 한 걸음씩 물러나고 다시 복구하는 데에 엄청난 시간을 소요했을 게 분명했다.

"또, 우리는 이번 일을 통해 네 생각보다 얻을 게 많아."

사실이었다. 레전드 길드는 발렌을 통해서 아주 멋지고 좋은 영지를 하사받을 확률이 높았다.

그 영지를 통해서 거둬들이는 세금. 그 영지 안에 있는 NPC들을 이용해서 벌어들일 막대한 수익 등. 자신들도 손해 보진 않았다. 단지, 사실 지니가 양보해 준 사실은 얼추 맞긴 했다.

"불만 있는 사람?"

"없습니다!"

"어디 감히 꽃돼지의 말에 반항하겠나이까!"

지니가 작게 웃음 지은 후, 이어 말했다.

"그리고 루마드의 마귀대검. 이건 실제로는 우리도 전설 아티팩트를 얻고, 너 또한 얻는 것과 마찬가지지."

"응?"

"기억 안 나?"

지니가 작게 웃음 지었다.

"발렌을 무사히 엘레와 접선시키면 그들은 우리에게 두 배의 가격으로 아티팩트를 매입해 줄 것을 약속했어."

"……아!"

지니의 말이 맞았다.

민혁은 실질적으로 전설 아티팩트의 값을 그대로 가져가게 되는 것이다. 또한, 레전드 길드도 마찬가지고.

"그거 팔아서 뭐 할 거야?"

"……난 뭐."

민혁은 작게 웃었다.

"맛있는 거 사 먹어야지."

"……?"

지니와 길드원들이 고개를 갸웃했다. 하지만 그건 민혁의 선택이었기에 딱히 뭐라 하는 이들은 없었다.

그때.

"끄아아아아악!"

갑자기 로크가 비명을 질렀다.

"……?"

"……."

민혁과 지니, 길드원들의 고개가 돌아갔다.

"이게 말이 되냐……! 무슨 황금 보물 상자에서 417골드가 나오냐!"

"……어, 음…… 힘내라."

황금 보물 상자! 아마도 그것을 깐 듯싶었다.

보물 상자는 이벤트로 가끔 얻을 수 있는데, 일종의 뽑기 아이템이다.

낡은 보물 상자가 보통 1골드에서 5천만 골드 사이를 주며, E~D등급의 아티팩트 재료, 그리고 노멀 혹은 레어 아티팩트를 준다.

일반 보물 상자는 보통 10골드에서 5억 골드 사이를 주며, C~A등급의 아티팩트 재료, 레어에서 유니크 사이의 아티팩트를 준다.

마지막으로 이 황금 보물 상자는 100골드에서 500억 골드 사이를 주며, A~SS등급 사이의 아티팩트 재료를 주고, 아티팩트는 유니크에서 에픽까지 나온다.

보물 상자의 급이 높아질수록 획득 골드와 더 좋은 아티팩트가 나올 확률이 좋아진다는 거다.

그런데, 로크는 지지리도 운이 없는지 황금 보물 상자로 417골드를 뽑은 것!

이어 한 사람씩 보물 상자에서 아티팩트를 뽑기 시작했다.

"캬, 에픽 아티팩트다!"

"오오오오, 47억 골드!"

"우와! 우와!"

"……전부 조용히 좋아하라고!"

"캬, 에픽 템!"

"야, 에이스! 너 조용히 안 해!"

로크가 허공에 도끼를 휘둘러 대며 한 말이었다.

그 사이에서 민혁만이 황금 보물 상자를 뽑지 않고 남겨두고 있었다.

"넌?"

"난 아직."

"뽑아봐."

민혁이 고개를 끄덕였다. 그리고 눈을 감고 간절히 기도했다.

"무슨 기도를 하는 거지? 좋은 아티팩트 나오라고 하는 건가?"

그 모습을 보며 에이스가 고개를 갸웃했다.

민혁은 인벤토리 안에 들어 있는 황금 보물 상자를 클릭했다. 그러자 그의 앞으로 보물 상자가 튀어나왔다.

달그락- 달그락!

황금 보물 상자가 맹렬히 움직이기 시작했다.

민혁이 외쳤다.

"나와라, 맛있는 거!"

"……응?"

"헐?"

레전드 길드원들이 의아한 표정을 지었다.

설마 바랐던 게 500억 골드도 아니고, 에픽 아티팩트도 아닌, 맛있는 먹을 거란 말인가? 에이스가 손가락을 머리 옆에 대고 빙글빙글 돌렸다.

옆에 있던 칸이 꿀밤을 때렸다.

딱!

"짜식이, 형 친구한테."

"아오, 아프다고!"

[보물 상자를 열어주시기 바랍니다.]

민혁은 알림과 함께 홀로그램으로 뜬 보물 상자를 열어젖혔다. 그 순간 들린 알림.

[황금 보물 상자를 최고로 잘 뽑으셨습니다.]

[바실리스크의 심장을 획득합니다.]

[500억 골드를 획득합니다.]

'오?'

민혁은 감탄했다.

뽑기를 할 때, 손재주 스텟이 아주 미미한 정도의 효과를 발한다는 말을 얼핏 들은 적이 있었다. 그런데, 그게 사실이었던 듯싶었다. 민혁은 한 번에 두 개의 보상을 획득했다.

"바실리스크의 심장?"

"헉?"

"……끄아아아! 왜 나만 400골드야! 왜 나마안!"

그치지 않고 민혁은 황금 보물 상자에서 돌덩이처럼 생긴 바실리스크의 심장을 꺼내는가 하면 500억이라고 써진 황금 동전 하나도 꺼냈다.

"뭐, 뭐야 지금…… 보물 상자에서 두 개가 나왔어?"

"이런 경우는 처음 보는데……."

처음 볼 수밖에. 민혁의 손재주 스텟은 이제 1,200이 넘었기에 다른 이들은 이런 경우를 처음 볼 수밖에 없었다.

민혁은 바실리스크의 심장을 확인했다.

(바실리스크의 심장)

재료 등급: SS

특수 능력:

- 방어력 500~900

- 마법 방어력+300

• 일시적으로 적을 돌 상태로 만들 수 있는 힘을 아티팩트에 깃들게 할 수 있다.

설명: 사막의 지배자인 바실리스크는 전설의 몬스터 중 하나이다. 그런 그의 심장은 아주 고귀하며 그의 특성, 적을 돌로 만드는 능력을 품고 있다.

"어때? 와, 민혁이 넌 운도 좋다. 어떻게 뽑아도 바실리스크의 심장을 뽑지?"

"……어? 어…… 그, 그래."

"응? 민혁이 너 왜 안 기뻐해?"

그 말에 민혁은 잠시 바실리스크의 심장을 보다가 고물단지를 던지듯 인벤토리에 넣었다.

"이건 못 먹겠지?"

"……응?"

지니가 고개를 갸웃했다.

'이 녀석, 뭐지?'

그리고 이어 또 다른 알림이 들려왔다.

[왕국 퀘스트 '발키리 왕국의 왕 발렌을 이필립스 제국군과 만나기로 했던 곳으로 데려가라!'를 완료했습니다.]

[함께 퀘스트를 진행한 이들 중 한 사람이 준남작 작위를 받을 수 있습니다.]

[발렌의 보물 창고를 1회 이용할 수 있게 됩니다.]

[북부 대륙 업데이트 관련 퀘스트에서 이필립스 제국이 승리했습니다.]

[이필립스 제국에 소속된 유저들의 경험치가 3일 동안 30% 상승합니다.]

[이필립스 제국에 소속된 유저들의 모든 능력치가 3일 동안 10% 상승합니다.]

뜨겁다. 인터넷이 화끈하게 달아오르고 있었다.

루마드와 레전드 길드의 전투를 보여줬던 영상은 민혁이 루마드에게 검을 박아 넣고 그를 산산조각 내는 데에서 끝났다.

그와 함께 바로 화면이 전환되었는데, 전환된 화면은 발렌과 그를 호위한 길드원 둘이 달리는 장면이었다.

곧 그들은 기다리고 있던 엘레와 피닉스 기사단 앞에 도달했다. 발렌은 안도의 한숨을 쉬었고, 엘레는 그를 환영하였다.

그리고 이필립스 제국 유저들은 같은 알림을 듣게 되었다. 3일 동안 경험치 30%, 거기에 모든 능력치도 10% 상승한다는 알림.

이는 말 그대로 폭렙의 기회였다. 모든 능력치가 10% 상승하면 평소 자신이 잡을 수 없었던 몹들도 사냥 가능했다. 따라서 자연스레 레전드 길드의 이미지는 좋아질 수밖에 없었다.

어린 학생들은 떠들었다.

"야 야, 프라이팬 살인마 개 멋지지 않았냐? 레전드 길마 목 딱 틀어잡았을 때, 뒤에서 노려보면서! 캬하! 진짜 멋지더라!"

"……닥쳐! 난 콜로디스 제국 유저라고."

"어? 어, 으, 응…… 야, 그래도 멋있는 건 인정?"

"……이, 인정."

그리고 직장인들! 그들이 점심에 피운 이야기꽃도 아테네로 시작되었다.

"영상 봤어요?"

"아테네 영상? 당연히 봤지, 그걸 안 보면 아테네 유저가 아니지. 와, 레전드 길드 최고더라."

"전 그거 보는데, 갑자기 가슴이 뜨거워지더라고요."

한 신입 사원이 숟가락을 꽉 쥐며 말했다.

"게임 망국 대한민국! 하지만 그곳에 은둔해 있던 레전드 길드의 등장! 그리고 새롭게 떠오르는 강자 프라이팬 살인마!"

"크흐!"

"자네들, 밥이나 먹지?"

박 부장의 말에 직장인들은 입을 다물고 소곤거렸다.

"박 부장님, 아레스 길드 길드원이시지?"

"지금 아레스 욕 엄청 먹던데……. 탈퇴하는 인원들도 엄청 많대."

그들뿐만이 아니었다. 일반적으로 게임을 즐기는 유저뿐만이 아니라, 국내 랭커들도 그를 유심히 지켜봤다.

국내 랭킹 2위. 검은 별 바란의 인터뷰 내용 중.

[기자: 이번 북부 대륙 업데이트 관련해서 레전드 길드와 프라이팬 살인마의 활약 어땠습니까?]

[바란: 나쁘지 않았습니다. 특히나, 프라이팬 살인마가 신 클래스인 저주의 기사 코헤이를 이겼을 땐, 저 또한 작은 희열이 돌더군요.]

[기자: 그때의 싸움을 종합적으로 평가한다면요?]

[바란: 조심스러운 말이지만 프라이팬 살인마는 운이 무척 좋았습니다. 그가 자신의 레벨이 221이라고 말한 것이 사실인지 의문이기도 합니다. 아, 물론 프라이팬 살인마를 저격하는 건 아닙니다. (웃음)]

[기자: 어째서 그렇게 생각하시나요?]

[바란: 저주의 신 코헤이의 능력은 끔찍할 정도의 엄청난 저주를 걸어버리는 겁니다. 하지만 프라이팬 살인마는 알 수 없는 힘으로 모든 상태 이상을 저항했습니다. 만약 다른 신 클래스에 코헤이의 레벨인 상대와 프라이팬 살인마가 붙었다면 분명 패배했을 겁니다.]

[기자: 다른 랭커분들과 같은 의견이군요.]

[바란: 예.]

[기자: 루마드와의 전투는 어땠습니까?]

[바란: 놀랐습니다. 레전드 길드의 등장. 정말 하나하나가 강한 랭커들이었죠. 또 강력한*스킬들. 사실 극강팔인 중 하나가 레이드 당하는 건 랭커 중에서도 은연중에 앞으로 반년 후에나 가능하다고 추측하

고 있었으니까요. 물론 이번 루마드와의 전투에도 운이 다소 따라줬다고 봅니다. 프라이팬 살인마는…… 정말 미지의 유저입니다. 대단한 힘, 능력, 가능성을 가지고 있죠.]

　[기자: 그의 성장 가능성에 대해선 어떻게 생각하십니까?]

　[바란: 우리나라를 이끌 새로운 게이머의 탄생이라고 생각합니다.]

　[기자: 그건 정말 기대되네요. 마지막으로 레전드 길드의 행보에 대해선 어떻게 생각하시죠?]

　[바란: 대단하겠죠. 4대 길드에 맞먹는 힘을 발휘하리라 봅니다. 하지만 최고는 되기 힘들지 않을까 합니다. 아시겠지만 레전드 길드를 제외하고 비밀리에 움직이는…… 또한, 아테네 제작진에서 말한 세계 서버 통합이 이루어진다면 그땐 더 괴물 같은 유저들이 튀어나와 어쩌면 레전드와 우리나라는 비교 대상이 될지도 모르겠죠.]

　뜨겁게 달아오르는 건, 민혁과 함께 생활하는 이들도 마찬가지였다.

　"와, 민혁이 진짜 세던데?"

　"레전드 길드와 함께 극강팔인 레이드라니!"

　때마침 민혁이 나왔다.

　그런데 밖으로 나온 민혁은 꽤 심각한 표정이었다.

　"왜, 왜 그래……?"

한숨 쉬는 민혁을 본 창욱이 고개를 갸웃했다. 유명세를 원하지 않았기 때문일까?

잠시 후 민혁이 입을 열었다.

"지니랑 로크, 칸 있죠?"

"응, 아! 레전드 길마하고 그 미친 도끼 휘두르는 애랑 아레스 잡은 사람?"

"네. 걔들, 제 중학교 때 친구들이거든요?"

"……!"

"……!"

"컥!"

그에 그들은 경악했다. 영상이 계속 교차되며 나타났기 때문에 그 부분은 알지 못했었다. 그들과 민혁이 친구라니?

하지만 경악의 말은 거기서 끝이 아니었다.

"저 보러 놀러 온대요."

"푸흐읍!"

창욱이 마시고 있던 커피를 뿜었다. 그리고 그 순간, 방에 있는 이들이 모두 얼음이 되었다.

그들이 오는 게 놀라워서가 아니다. 숨어 지내듯 했던 민혁이, 다시 세상으로 나가려 하고 있었기 때문이다.

"민혁아……!"

창욱이 그의 손을 덥석 붙잡았다. 그는 떨 듯이 기쁜 표정이었다.

안에 있는 다른 이들도 마찬가지였다. 마치 '우리 애가 달라 졌어요!' 같은 느낌!

"저도 매일 방에 혼자 있을 수는 없잖아요."

루마드의 등 뒤를 공격했을 때, 이미 확실히 결정했다. 이젠 당당해지기로.

그에 창욱이 고개를 끄덕였다.

"그래. 인마!"

"참, 우리 이러고 있을 때가 아니잖아요!"

식단 관리사 혜진이 길길이 날뛰었다.

"민혁이를 꾸며줘야죠! 친구들 만나는 데, 이대로 갈 거예요?"

"아하!"

그들이 분주하게 움직이기 시작했다.

청담동의 한 미용실 앞. 하얀색 벤틀사의 스포츠카가 멈춰 섰다.

"야야, 저거 200대 한정 생산한 벤틀사 스포츠카 아니냐?"

"헉? 저거 차 한 대에 10억 넘는데……."

아무리 부자들이 많은 청담동이라고 할지라도 벤틀사가 야심 차게 내놓은 스포츠 차량에 모두가 감탄했다.

그 안에서 한 여인이 내렸다. 165㎝ 정도의 키, 선글라스가 얼굴의 반을 넘게 가릴 정도로 작은 얼굴, 화끈한 몸매의 그녀가 선글라스를 벗었다.

청순하다. 아름답다. 딱 그 말이 어울리는 모습에 주변 남성들의 모든 시선이 오로지 그녀에게 향했다.

"자, 잠깐만, 저 사람 혹시……!"

"레전드 길드 마스터?"

주변의 유저들이 그녀를 알아봤다. 연예인보다 유명한 게 현 랭커들이었다. 그리고 그중 요새 가장 화제의 인물이 바로 지니, 임지혜였다.

"꺄아악, 언니 너무 이뻐요!"

"와, 진짜 이쁘다!"

"돈 많아, 예뻐, 레전드 길드 마스터야, 게임 잘해, 세상 다 가졌네, 부럽다……."

그런 그녀는 미용실 안으로 들어갔다. 연예인들이 주로 이용하는 헤어샵이었지만 그 안에서도 지혜는 사람들의 감탄을 자아냈다.

그녀가 자리에 앉았다.

"어떻게 해드릴까요?"

그 물음에 벗은 선글라스로 입술을 톡톡 두들긴 그녀가 작게 웃음 지었다.

"오늘 조금 특별한 사람 만나러 가거든요."

"아, 썸남인가요?"

"……네."

그녀가 작게 웃음 지었다. 그리고 미용사의 현란한 손길이 이어지기 시작했다.

지혜는 민혁과 게임 안에서 만나 로그아웃하기 전에 물었다.

'네가 가진 그 사연…… 우린 듣고 싶어, 민혁아. 이제까지 숨어 있던 거 모두 용서할게.'

그에 곰곰이 생각하던 민혁이 고개를 끄덕였다.

'내가 지금 밖에 나가기 힘든 상황이야. 그래서 말인데, 너희들이 우리 집으로 와줄 수 있어?'

'너희 집?'

'응.'

'그래, 알았어.'

'그곳에서 나를 만나면 내 사연에 대해 알 수 있을 거야.'

그렇게 민혁은 주소를 알려줬다.

때마침 지수와 석태도 안으로 들어왔다. 자리에 앉은 지수가 말했다.

"강동원빈처럼 해주세요."

"가, 강동원빈이요……? 그, 그게…… 손님…… 그…… 있잖아요…… 그건 성형외과로…….."

미용사가 당혹했다. 안절부절못하는 표정!

"네 얼굴이 길에 놓인 짱돌인데, 어떻게 머리만으로 강동원빈을 만드냐……."

"다, 닥쳐."

둘이 또 티격태격한다.

그러다가 지수가 말했다.

"근데 민혁이 집 주소…… 경기도 가평이네? 여기 되게 오지쪽 아닌가?"

"……그치? 숙박업 하나?"

그에 지수가 말했다.

"민혁이네 집 형편 좀 어렵잖아."

"……그랬지."

"아, 맞다……."

"으음……."

그들이 그런 생각을 하는 이유는 하나였다. 예전에 지수가 고아원으로 들어가는 민혁을 보았기 때문이다.

학창 시절, 민혁이 고아원 아이들과 함께 등교하는 걸 본 아이들이 적지 않았다. 심지어 민혁은 그 흔한 메이커 신발과 같은 것도 잘 입거나 신지 않았고, 어머니도 안 계셨다.

사실 예전에 부모님들이 하는 일에 관련한 이야기가 나왔을 때 지수와 석태, 지혜는 아차 했다. 민혁이 고아원에 있으니 부모님이 두 분 다 계시지 않을 거라 생각했기 때문.

하지만 예상외로 민혁은 아버지가 계시다고 했다. 그에 가정 형편이 어려워 민혁은 고아원에 있고 아버지가 열심히 일하신다 생각했다.

그리고 결정적으로, 아버지의 일 이야기가 나왔을 때 민혁이 다소 심각한 표정으로 말했었다.

'이것저것 하셔. 그냥 뭐 건설업도 하시고 식품 같은 것도 팔고. 아, 전자 제품 같은 것도 파시고. 요샌 우유 쪽도 하시는 것 같던데……'

그에 세 사람은 '아! 먹고 살기 위해 민혁이의 아버님은 뭐든 하시는구나!'라고 생각할 수밖에 없었던 것.

건설업은 막노동으로, 식품 판매는 식품 코너의 정육 코너 같은 것으로, 또 전자 제품은 판매 사원 아르바이트, 그리고 아침엔 우유 배달까지 하신다고 생각했다.

아아아아! 참된 가장! 먹고 살기 위해 뭐든 하는 아버님!

그리고 민혁은 그 아버지 밑에서 참 바르게 자란 친구였다. 친구였기에 그들은 한번도 가난한(?) 민혁을 무시한 적이 없었다.

"근데 우린 이렇게 외제 차 끌고 꾸미고 가도 되나?"

석태의 말에 지혜가 아차 했다.

오랜만에 민혁을 만날 생각에 설레서 자신도 모르게 꾸미고 있었다. 그 앞에서 한없이 아름답고 싶어서.

　　"그, 그치? 우리만 화려하면 좀……."

　　"야, 근데 민혁이 이번에 돈 많이 벌었잖아, 그거 팔면 돈 좀 될 텐데."

　　"다 뭐 사 먹는다고 하잖아."

　　"흐음……."

　　지수는 고개를 갸웃했다가 끄덕였다.

　　곧 지혜가 말했다.

　　"저기 죄송한데, 언니."

　　"네."

　　"화려하게 말고요…… 평범하게, 그 뭐라고 해야 하지?"

　　"……?"

　　"그냥 취준생이 면접 보는 것처럼 단정하게 해주세요."

　　"네? 써, 썸남 만난다면서요."

　　"그, 그냥 그렇게 해주세요."

　　예뻐 보이긴 못하더라도 지혜는 그래야 속이 편할 것 같았다. 친구 앞에서 외제 차 끌고 화려한 외모로 구두를 또각이는 거? 그런 건 필요 없다.

　　그리고 이어 지수가 말했다.

　　"아씨, 전 백수처럼 해주세요."

　　"이, 이미 충분히……."

"헐? 누나! 제가 어딜 봐서 백수⋯⋯!"

지수가 충격받은 표정으로 거울을 봤다가 끄덕였다.

"전 메이크업 안 받아도 되겠군요."

"헤, 헤헤⋯⋯."

그렇게 그들은 오로지 민혁을 위해 메이크업 스타일을 평범하게 바꿨다. 단정하게 메이크업을 받은 그들이 밖으로 나서기 위해 걸음을 옮겼다.

"자, 가볼까?"

"참, 차는 어떡하지?"

"택시 타고 가자."

"그래."

그러던 중, 지혜에게 민혁의 문자가 왔다.

[민혁이: 미안한데, 약속 장소 좀 바꿔도 될까? 우리 아버지가 너희들을 꼭 보고 싶으시다네. 이야기도 하고 싶으시다고 하시고. 아버지가 너희 데리러 가신대.]

"애들아, 약속 장소 바뀌었어."

"진짜네? 그보다 민혁이 아버지를 만난다니, 좀 떨린다."

"그러게, 민혁이 아버지 같은 분이 정말 멋진 분이시지."

혼자서 그 고된 일을 하시면서 민혁이를 키워낸 분! 정말 멋지고 대단한 분이다.

그들은 제법 옳은 생각이 박혀 있었다. 사람이 꼭 부자여야 멋진 사람은 아니라는 생각.

곧 그들이 택시에 올랐다.

"아저씨, 주소 좀 찍어주세요."

곧 택시 기사가 주소를 찍었다.

[경로 탐색을 시작합니다.]

내비게이션에 목적지가 떴다.

'일화그룹 본사.'

"일화그룹 본사? 여기 우리나라에서 가장 큰 건물이잖아? 왜 여기로 되어 있지?"

세 사람이 고개를 갸웃했고 잠시 후 지수가 말했다.

"원래 강남 쪽 가면 '일화그룹 본사 앞에서 만나'라는 말 많이 하잖아, 거기서 만나기 편해서 정하셨나 보지."

"아하."

지혜가 고개를 끄덕였다.

그들은 자신을 기다리고 있는 사람이 누구인지 꿈에도 모른 채 택시를 타고 움직이기 시작했다.

"음……."

민혁은 거울을 보고 있었다.

분명히 혜진이 누나가 그를 멋지게 꾸며줬다. 머리를 다듬어줬고, 향수도 손목에 칙칙 뿌려줬다. 옷도 나름 세련되게 입혀주었다. 한데, 거울을 보니 정장을 입은 뚱땡이가 있었다.

그러다 아차 했다.

"맞다, 나 이제 뚱보 아니었지? 통통이야. 자신감을 가지자! 아자!"

그는 여전히 그 사실을 믿으며 거울을 둘러봤다.

그에 창욱이 지혜에게 속삭였다.

"무슨 코디를 저렇게 해놨어! 저팔계가 정장 입은 거 같잖아…… 저기에 선글라스만 차면……!"

"……."

죄인이 된 혜진은 말을 잃었다. 그 옆에서 거울을 보던 민혁이 투덜거리고 있었다.

"아이참, 아버지도! 친구들 오는 거에 왜 그렇게 호들갑을 떠시는 건지."

어떻게 아신 건지, 아버지가 친구들이 온다는 말에 곧바로 연락을 하셨다.

현재 민혁과 이진환을 비롯해 오창욱 등등은 가평 인근의 총 면적 500평이 넘는 집에서 거주 중이었다. 공기가 좋은 곳에서 치료해야 더 낫지 않을까 하는 생각에 얼마 전에 옮긴 것이다.

"하하, 아버지도 좋으시겠죠. 민혁 군이 5년 만에 친구들과 만나는 데, 얼마나 기쁘시겠어요."

뒤에 다가온 진환의 말에 민혁은 고개를 끄덕였다.

평생 언제 죽을지 몰라 어둠 속에 갇혀 살았다. 희망이 보이지 않았다. 한데, 이제 서서히 다시 세상에 나가려 한다. 그리고 친구들을 다시 만난다. 아버지로서, 또 인간 강민후로서 누구보다 기쁜 사실이었을 거다.

"왜 굳이 아버지가 태워서 온다고 하신 건지……."

"먼저 친구들을 보고 싶으신 거겠죠. 아버지 마음인데, 다 이해합시다."

민혁은 뚱한 표정이었지만 고개를 끄덕였다.

일화그룹 회장 강민후. 그는 지금 민혁보다 더 흥분한 상태였다.

"박 비서, 나 어떤가?"

"아주 멋지십니다. 회장님!"

"정말 떨리는군. 아들의 친구들을 만나다니, 하하."

강민후는 호쾌하게 웃었다. 아들이 친구들을 만난다니 너무나도 즐겁고 행복한 일이었다.

어떠한 자식의 부모에겐 흔하디흔한 일일 것이다. 어떠한 부모는 '공부에 방해되니까, 그 친구랑 놀지 마!'라고 말할 수도 있다.

하지만 강민후는 아니었다. 혼자 지내는 아들 민혁을 만나기 위해 친구들이 친히 놀러 온다. 이보다 더 기쁜 사실이 있겠는가?

그는 바쁜 와중에도 불구하고 시간을 냈다.

그때, 전화가 왔다.

"험험."

목을 가다듬은 그가 전화를 받았다.

[안녕하세요, 아버님! 민혁이 친구 임지혜라고 합니다!]

"하하, 네. 안녕하세요. 지혜 양."

[지금 거의 다 도착해서 전화드렸어요.]

"아, 그래요? 이제 곧 내려가겠습니다."

[네에, 앞에서 뵙겠습니다. 아버님.]

강민후는 전화를 끊고 흐뭇하게 웃었다.

그리고 곧 78층의 꼭대기 층에서 자신의 전용 엘리베이터에

탑승해 1층을 누르고 내려갔다.

지혜와 지수, 석태는 일화그룹 빌딩 앞에 도착해 올려다봤다.

"여긴 진짜 올 때마다 건물이 너무 멋있다니까?"

"건물만 멋있나? 일화그룹 회장인 강민후 회장님도 멋있잖아."

"크! 회장 자리에 있으면서 한 번도 구설수에 오르지 않은 청렴하신 분!"

그들은 감탄사를 터뜨렸다.

그러다 지혜가 고개를 갸웃했다.

"근데 왜 민혁이 아버님 목소리가 되게 익숙한 것 같지?"

그녀는 고개를 갸웃하다가 별거 아닐 거라는 생각을 했다.

그때, 지수와 석태가 경악한 소리를 흘렸다.

"헉!"

"가, 강민후 회장님이시다!"

"와, 진짜 멋있다! 우와 우와! 와, 저기 있는 거 보여? 밴사에서 오로지 세계의 부자 오십 명한테만 판매한 60억짜리 리무진!"

지수와 석태, 지혜도 부자였지만 강민후 회장에 비해서는 새 발의 피, 아니, 발톱의 때와 같았다.

건물 밖으로 나온 강민후 회장은 중후한 멋이 있었다. 그는 휴대폰을 귀에 대고 누군가와 통화를 하는 듯 보였다.

때마침 지혜의 전화벨이 울렸다.

[뜁뚜르르뚜뚜- 아기 상어, 뚜뚜르두뚜- 엄마 상어, 뚜뚜르
뚜, 아빠 상어~]

"전화벨이 그게 뭐냐?"

"남이사."

지혜가 흥! 해주고는 전화를 받았다.

"예, 아버님, 저희 도착했어요. 아, 네네. 인상착의요? 전 청
바지에 카디건 입고 있고요, 다른 친구 둘은 캐주얼 정장 입고
있어요. 저희 보이신다고요?"

지수와 석태가 서둘러 옷매무시를 가다듬었다. 단추를 잠
그고 단정하게 아버님께 인사드릴 준비를 한 것이다.

"어디 계세요?"

지혜는 계속 두리번거렸다. 아무리 둘러봐도 보이지 않으셨
기 때문.

그러다 이어 석태가 말했다.

"야야, 지수야, 왜…… 왜 강민후 회장님이 손을 흔들면서 이
쪽으로 오시는 거지? 야, 뭐야…… 되게 함박웃음 지으시는데?"

"헉…… 뭐, 뭐지? 우리가 뭐 잘못했나? 아, 아니면 뒤에 남
화그룹 회장님이 계신 건가……?"

그들은 고개를 갸웃하며 놀란 가슴으로 두리번거렸다.

그리고 어느 순간, 강민후 회장이 뚜벅뚜벅 걸어와 그들 앞에 섰다.

"예, 아버님. 어디 계……."

[바로 앞에 있습니다. 하하.]

지혜와 석태, 지수가 말문을 잃었다. 강민후가 통화를 종료하며 부드럽게 웃으며 악수를 권했기 때문.

"반갑습니다. 민혁이 애비되는 사람입니다."

세 사람은 얼어붙었다.

그리고 지수는 알 수 있었다.

'마, 막노동이 일화건설이고 우유 한다는 게 일화유통에, 전자 기계 판다는 건, 일화전자…… 그리고 식당은 노뚜기였어……? 컥?'

"아, 네! 아버님. 안녕하세요."

서둘러 정신을 차린 지혜가 그의 손을 맞잡았다. 작게 힘을 주어 흔들어준 강민후가 차례대로 악수를 권했다.

"나 평생 이 손 안 씻을 거야……."

"너 원래 잘 안 씻잖아."

석태의 말에 지수가 찌릿하고 노려봤다. 그리고 강민후 회장이 부드럽게 웃었다.

"친구들끼리 사이가 좋군요?"

"네, 뭐."

지혜가 어색하게 웃었다. 너무나도 엄청난 사람이 자신들의 앞에 서 있었다.

"가실까요?"

강민후 회장이 걸음을 옮겼다.

막 점심시간인지라 일화그룹 본사 앞은 우르르 몰려나온 회사원들로 가득했다. 그 회사원들은 강민후 회장의 등장에 모두 고개를 숙여 보였다.

박문수 비서가 밴사에서 50대만 한정 생산했다는 리무진 차량의 뒷좌석 문을 서둘러 열어줬다. 먼저 강민후가 탑승하고 그 안으로 지혜와 석태, 지수가 따라 들어갔다.

'와…… 실내……'

실내가 마치 퍼스트 클래스에 탑승한 것만 같은 느낌이었다. 진귀한 경험에 그들은 감탄을 터뜨렸다.

"우리 민혁이 중학교 때 친구들이라고요."

"네, 맞아요. 아버님."

"우리 민혁이한테 계속 메시지를 보냈다고 들었습니다. 정말 고맙게 생각하고 있습니다."

강민후의 표정은 진심이었다. 그들이 먼저 민혁에게 손을 뻗어줘서 너무나도 고마웠다.

"어떤 일이든 필요한 일이 있으면 연락 주세요."

차가 빠른 속도로 가평으로 향하기 시작했다.

그러던 중 강민후 회장이 말했다.

"변한 민혁이도 많이 아껴주시고 사랑해 주셨으면 좋겠습니다."

"와……."

"우와……."

"헐……?"

가평의 민혁이가 있다는 곳에 도착한 세 사람은 말문을 잃었다.

"여, 여기선 길도 잃어버리겠다."

엄청난 크기의 호화로운 저택이었다. TV 속에서 보던 엄청난 규모! 리무진이 들어가는 순간, 그곳을 지키는 경비원 여러 명이 보였고 그 안으로 들어가자 넓게 깔린 잔디와 물을 뿜어내는 분수대가 보였다.

네 사람은 함께 내렸다.

"다음에 또 뵈었으면 좋겠습니다."

강민후가 부드럽게 웃으며 다시 리무진에 탑승해 사라졌다.

그가 사라진 후 세 사람은 궁전 같은 그곳을 둘러봤다.

그때, 안쪽에서 한 남성이 걸어 나왔다. 우락부락한 몸이 척 보기에도 운동을 하는 사람이라는 걸 알 수 있었다.

"민혁이 친구분들이시죠? 전 오창욱이라고 합니다."

"아, 네."

"이쪽으로 가시죠."

창욱이 걸음을 옮겼다. 커다란 저택 옆에 또 다른 저택이 있었다.

그 저택으로 안내하면서 오창욱이 말했다.

"여긴 손님들을 모시거나 이 안에서 거주하는 직원들 복지를 위해 사용되는 건물입니다. 원래는 민혁이의 놀거리가 있는 곳인데, 녀석이 잘 안 써서요."

"노, 놀거리요?"

"네, 오락실, 극장, 노래방, 디스코 팡팡도 있습니다."

창욱의 말에 지수가 중얼거렸다.

"이게 말로만 듣던 다이아몬드 수저……."

"여러분들도 쟁쟁하시잖아요, 저도 아테네 유저거든요."

하지만 창욱의 말에 세 사람은 고개를 저었다.

자신들이 돈이 많은 건 사실이다. 하지만 그만큼 많은 지출이 들어간다. 랭킹에서 밀리지 않기 위해 번 돈을 다시 아티팩트, 스킬북, 물약에 투자한다. 그러면 실질적으로 남는 건 많지 않은 편.

곧이어 그들은 한 방 앞에 도착할 수 있었다.

"심호흡들 하시고요."

"후우후우, 어? 근데 심호흡은 왜요?"

"……해야 할 것 같아서요."

창욱이 어색하게 웃으며 한 말에 그들은 고개를 갸웃했다.

"민혁이 이 안에 있습니다. 그럼 전 이만."

창욱이 몸을 돌린 후, 지혜가 문 앞에 섰다.

'대체 무슨 사연인 거야?'

일단 민혁이 엄청난 부자라는 사실은 알게 되었다. 하지만 그를 제외한 다른 이야기는 알지 못했다.

5년간의 잠수. 그리고 이동하지 못한다고 했던 말. 모든 게 의문투성이다.

지혜가 천천히 문고리를 돌렸다.

민혁과 함께 있던 창욱은 친구들이 도착했다는 말에 곧바로 밖으로 나섰다.

둥그런 테이블 앞에 앉아 있는 민혁은 특대형 의자에 앉아 친구들을 기다리고 있었다.

그때 밖에서 인기척이 들렸다.

'……떨리네.'

그는 가슴의 두근거림에 숨을 삼켰다.

곧이어 문고리가 돌아가는 게 보였다.

민혁이 몸을 일으켰다.

안으로 지혜와 지수, 석태가 함께 들어왔다. 그러다가 민혁을 발견했다.

"……."

"……."

"……."

민혁은 머쓱한 표정을 지었다.

"왔냐?"

그 말에 세 사람은 잠시 말이 없었다.

민혁은 그에 속으로 생각했다.

'역시…… 내 변한 모습이 너무…….'

흉측한 걸까?

하긴 160kg의 거구는 어디서도 좀처럼 보기 힘들다. 또, 얼굴 형체는 거의 알아볼 수 없게 살로 뒤덮였다. 민혁은 속으로 '망했다……'라고 생각했다.

그러다 이어 지수가 퉁명스럽게 말했다.

"왔지, 갔겠냐?"

그러면서 자연스럽게 민혁의 앞에 앉았다.

"호오, 멧돼지 장군을 잇는 뚱보가 되고 싶다더니, 그 꿈을 이뤘네?"

지혜가 작게 웃으며 그의 앞에 앉았다. 그리고 이어 석태가 마주 앉았다.

"야, 나 여전히 존잘이지 않냐?"

"와, 지혜 말처럼 넌 여전히 진짜 재수 없다."

"흠흠. 나에 대해 뭐라고 한 거야?"

어색한 웃음이 지나간 후, 지혜가 물었다.

"무슨 사연이야?"

예전과 민혁의 모습은 완전히 달랐다.

민혁은 차근차근 폭식 결여증에 관해 설명하기 시작했다. 그들은 그런 병이 있다는 사실에 놀라워했다.

"그리고 지금은 호전 중이야."

"다행이다."

"오, 그럼 다시 예전 모습, 아니지 아테네의 모습이 될 수 있는 건가?"

지수와 석태는 보지 못했지만, 지혜는 민혁이 투구를 벗었을 때의 얼굴을 봤다. 정말 감탄이 나올 정도로 잘 생겼고 멋있었다.

"아, 아마도⋯⋯?"

그러던 중 지혜가 아차 하며 휴대폰을 오픈했다.

"맞다. 지금 몇 시지?"

그녀가 획 시선을 틀었다. 시계가 1시 4분을 가리켰다.

"오늘 아테네 업데이트 관련한 내용 1시에 오픈한다고 했거든."

그러면서 지혜가 서둘러 휴대폰으로 업데이트 내용을 클릭하고 그것을 테이블의 중앙에 올렸다.

[아테네 업데이트

1. 1억 골드부터는 1플래티넘으로 변화하게 되며 이미지처럼 은색의 동전이 됩니다.

2. 닉네임이 캐릭터 위로 떠오르게 할 수 있습니다. on/off 가능.]

유저들의 불만의 목소리에 수정하게 된 것인 듯싶었다.

1억 골드부터 1플래티넘이 된다는 것은 매우 좋아 보였다. 현재 572억 골드를 가지고 있으면 572억 골드라고 한다. 하지만 이보다는 572플래티넘이 확실히 더 깔끔한 것 같았다.

그리고 닉네임이 캐릭터 위로 떠오르게 하는 기능. 사실 있으면 편리하긴 하다. 물론 민혁과 이 자리에 있는 이들은 전부 항상 꺼놓고 다닐 듯했지만.

그다음의 내용.

[북부 대륙에서의 더 높아진 아티팩트 재료 드랍률. 더 뛰어나진 요리 재료와 명약, 새로운 필드와 던전, 퀘스트의 오픈!

1. 북부 대륙에선 더 높은 확률로 뛰어난 아티팩트 재료를 획득할 수 있게 됩니다. 또한, 에픽 등급 아티팩트를 제작하는 재료 또한 많은 물량이 풀리며, 희귀한 확률로 전설 아티팩트 재료를 얻을 수도 있을 것입니다.

2. 특별한 요리 재료들 또한 많은 물량이 풀리게 됩니다. 또한, 새로운 등급의 명약을 얻을 수도 있습니다.

3. 새로운 필드와 던전의 오픈! 그 안에는 새로운 아티팩트와 특별한 클래스로 전직하는 길이 숨겨져 있습니다. 또한, 북부 대륙을 포함한 모든 대륙의 특정 던전에서 이벤트가 발발하게 됩니다.

4. SS급 퀘스트! 북부 대륙에는 숨겨진 SS급의 퀘스트가 있습니다. 보상 또한 놀랍겠죠^^!]

지혜가 모두 확인하고 고개를 끄덕였다.

"유저들의 레벨이 높아짐에 따라 그 속도에 맞춰가겠다는 거네."

지수와 석태가 고개를 끄덕였다.

"에픽 아티팩트 재료와 전설 아티팩트 재료가 희귀하지만 드랍률이 상승한다는 건, 꽤 많은 물량이 풀린다는 거겠지. 또 북부 대륙이 애초에 고렙 유저들이 많이 가니까, 그곳에서 에픽 등급 아티팩트도 드랍될 테고."

그들은 고개를 끄덕였다. 랭커들인 만큼 그들은 변화에 맞게 빠르게 움직여야 했다.

"새로운 등급의 명약?"

민혁이 반응한 것이었다.

"그러게, 새로운 등급의 명약은 뭐가 나오려나?"

"얻어보면 알겠지."

민혁은 그 말을 들으면서 기대감 어린 표정을 지었다.

'새로운 등급의 명약은 더 맛있겠지?'

이런 생각을 하며 흐흐 웃었더니 극심한 배고픔이 느껴졌다. 친구들 앞인지라, 일부러 방울토마토와 샐러드를 먹지 않고 참고 있던 민혁! 그의 이마에서 식은땀이 주르륵 흘렀다.

"미안한데, 나 잠깐 나갔다 올게."

"어? 어디 가게?"

"화장실."

민혁이 몸을 일으켜 밖으로 나오자 때마침 창욱이 기다리고 있었다.

민혁은 서둘러 밀폐 용기를 개봉해, 친구들이 있는 방 근처에서 쉴새 없이 방울토마토와 샐러드를 먹었다.

"친구들은 어떤 것 같아?"

"모르겠어요."

민혁도 사실 아직 모르겠다. 자신 앞에서 대놓고 말할 수 없기에 저러고 있는 건지, 얼굴 찌푸리면 안 된다는 걸 알기에 저러는 건지. 아직도 가슴이 먹먹한 민혁이었다.

'이 빌어먹을 배고픔아, 오늘만큼은 제발……!'

허기가 지자 민혁은 계속해서 초조해지기 시작했다.

미친 듯이 흡입하다 보니 순식간에 30분이 지났다. 친구들이 기다리고 있다. 하지만 배고픔은 계속 먹으라 한다.

그렇게 또 30분이 지났다.

어느 정도 진정시킨 민혁이 천천히 문 앞으로 다시 갔다.

"민혁아."

"네?"

"네 친구들 좋은 사람들 같아 보이더라."

창욱이 부드럽게 웃었다. 너무 긴장하지 마, 평소처럼 해. 그런 뜻이었다.

하지만 그러기 힘들었다. 친구들의 속마음이 궁금했다.

그때 방에서 친구들 목소리가 들려왔다.

"민혁이 왜 이렇게 안 와?"

"그러게. 무슨 일 있나?"

지혜와 석태의 목소리였다.

그러다 이어 쿵! 하는 소리가 들렸다. 그에 민혁이 의아한 표정을 지었다.

"지수, 넌 또 왜 그래?"

"아, 몰라 갑자기 짜증 확 난다."

"……뭐가?"

"아, 저 뚱보!"

"……!"

그 말을 들은 민혁이 멈칫했다.

'결국 너희도 내 변화를 받아들이지 못하는 걸까?'

민혁이 긴장하며 자신도 모르게 마른침을 꿀꺽 삼켰다.

"아니, 지가 돼지가 됐든 말든 그게 우리랑 친구인 거랑 무슨 상관인데? 우리가 뭐, 지가 뚱뚱하면 싫어하기라도 할까 봐? 우리를 그 정도로밖에 안 본 거야?"

"맞아, 우리한텐 그저 똑같은 민혁이인데, 처음에 들어왔을 때, 민혁이 되게 어색해하더라."

"근데 민혁이 살 찌니까, 되게 귀엽지 않냐. 뱃살 만져보고 싶다."

"난 저 배에 머리 대고 자보고 싶던데…… 마약 베개 같을 듯……."

"……."

민혁은 알았다.

이제까지 자신만 그렇게 생각한 거다. 친구들은 상관없었다. 자신이 뚱보든, 아니든.

"후……."

그제야 안도의 한숨을 쉬었다.

'그래, 이제 당당해지기로 했으니까.'

그가 안으로 들어갔다. 그리고 말했다.

"이제 놀러 가자."

"놀러? 어딜? 서울로?"

"아니, 이 건물."

"아……!"

세 사람이 아차 했다. 이 건물 자체가 오락거리가 많다고 한 것이 그제서야 기억난 것.

민혁과 친구들이 먼저 향한 곳은 영화관이었다. 정말 영화관이라고 해도 믿을 정도.

지수가 주변을 둘러보며 말했다.

"여기 팝⋯⋯."

그때, 후다다닥 하고 한 남성이 뛰어왔다. 바로 창욱이었다.

"여기서 팝콘을 말하는 건 절대 금지입니다. 명심하십시오,
오징어 다리, 카라멜 팝콘, 콜라는 금지입니다."

"아, 어⋯⋯ 네."

그리고 다시 후다닥 사라졌다.

민혁은 오랜만에 친구들과 영화를 봤다. 그리고 팝콘처럼
방울토마토를 우적우적 먹었다.

이후에는 노래방도 갔다. 지혜는 리모컨으로 '영계백숙'을
검색했지만 뜨지 않았다.

밖으로 나온 그녀가 창욱에게 말했다.

"노래방에 노래가 많이 없네요. 최신 업데이트해야 할 것 같
아요. 영계백숙이 없어요~"

영계백숙이 나온 게 5년이 더 지났다.

곧 창욱이 심각한 표정으로 말했다.

"영계백숙, 이빨이 너무 시려 냉면, 냉면, 빙수야, 팥빙수야
같은 노래는 금지되어 있습니다."

"⋯⋯아, 어⋯⋯ 그, 그래요?"

그녀가 고개를 끄덕였다.

노래방에서 놀다가 나온 지혜가 감탄했다.

"와, 여긴 건물 안에 카페가 있네!"

멋들어지는 테라스가 있는 카페 앞에 네 사람이 함께 섰다. 이번에도 종업원은 역시 창욱이었다.

민혁이 방울토마토를 먹으며 다른 데를 보고 있을 때, 창욱이 입 모양으로 말했다.

"이곳에선 오로지 토마토주스만 주문하셔야 합니다. 토마토주스! 설탕 없는, 건강한!"

"……."

"……."

"너희 뭐 마실래?"

민혁의 물음에 세 사람이 말했다.

"토, 토마토주스…… 설탕 안 들어간 거로…… 우리 전부…… 하, 하하! 내, 내가 워낙 토마토를 좋아해서……."

"나, 나도…… 사, 사랑해요, 토마토!"

"하, 하하하하! 토마토가 세상에서 제일 맛있어요!"

"……너희 입맛 진짜 이상하다. 난 마지못해 먹는다지만."

사실 정작 민혁만 금기와 같은 규율을 잘 모르고 있었다.

"……."

지수와 지혜, 석태는 생각했다. 마치 먹을 것이 통제된 이상한 나라에 온 것 같다고.

한편 그 모습을 보는 창욱은 부드럽게 웃었다.

'민혁이가 저렇게 즐거워하는 모습, 처음이야.'

사실 창욱은 민혁이 폭식 결여증에 걸린 후에 온 사람이다. 그 때문에 그가 본 웃음 중 가장 즐거웠던 웃음은, 처음 아테네를 하고 딱딱한 빵을 먹었을 때였다. 한데, 지금 그때보다 더 밝은 미소를 짓고 있었다.

"아, 맞다. 이제 배고픈데."

그리고 창욱이 슥슥 다가갔다.

"뷔페 준비되어 있습니다."

"오! 뷔페!"

"뷔페!"

그들이 잔뜩 기대한 표정이었다. 이 먹을 것이 통제된 나라에서 드디어 음식다운 음식을 먹을 수 있겠구나. 그러다 민혁이는 괜찮나? 하는 표정을 지었다.

곧이어 창욱이 그들을 뷔페로 이끌었다.

"자, 마음껏 드시죠. 토마토스테이크, 토마토주스, 토마토과자, 토마토……."

"컥……."

그들은 토마토 뷔페라는 신세계에 경악했다. 하지만 민혁은 야무지게 맛있게 먹었다.

그러던 중, 지혜가 조심스레 말했다.

"민혁이 너 혹시, 우리 길드에 들어올 생각 없어?"

토마토를 먹던 민혁이 멈칫했다.

사실 그는 예전에 로반에게도 말했지만, 길드에 든다면 친구들과 함께하고 싶었다. 물론 먹을 것만 뺏어 먹지 않는다면. 하지만 실제로 마주했을 때, 그들의 길드에 든다는 게 불안감으로 다가왔다.

그렇지만 이젠 괜찮다. 그들의 마음을 확인했다.

"그래."

지혜와 지수, 석태가 밝아진 표정이었다.

그리고 지혜는 뭔가를 말하려다가 머뭇거렸다.

"뭔데?"

눈치 빠른 민혁이 물었다.

"사실 나, 네 요리 능력 확인해 봤어, 발렌한테 스테이크 건넬 때."

"그래?"

민혁은 그럴 수도 있지 하는 표정이었다.

"민혁아, 우리가 다시 만난 지 얼마 안 되었지만 부탁하고 싶은 게 있어."

"부탁?"

민혁은 고개를 갸웃했다.

지혜는 진심으로 미안한 표정으로 말했다.

"응, 우리 길드원들에게 버프 요리를 해줄 수 있을까?"

민혁은 잠시 생각했다.

신의 요리 두 번째. 레스토랑 풀코스 요리! 첫 번째 신의 요리는 식신의 신의 요리를 강화시키고 '만독불침'의 육체를 얻게

했다. 그리고 족발 세트는 엄청 맛있었고. 두 번째인 레스토랑 풀코스는 과연 어떤 맛일까? 어떤 능력을 가지고 있을까?

그를 서둘러 확인하기 위해선 남들에게 요리를 해줘야 했다. 물론 '함께 먹는 즐거움' 스킬을 이용해서 함께 먹는다는 메리트도 있다.

심지어.

'발렌 왕이 먹었을 때 만족도가 자그마치 5%가 올랐어, 아마 일반 유저들과 같은 경우는 1%도 오르기 힘들겠지.'

직업 퀘스트 '많은 인간을 배불리 하라'에 따르면 그 사람의 직위나, 레벨, 능력 등 다양한 영향을 받아 만족도가 오른다 했다.

그것을 본다면 레전드 길드는 최고의 손님들이다. 그들은 모두 레벨이 높은 랭커 중의 랭커들 아니던가.

그리고 이어 지혜가 말했다.

"물론 공짜로 해달라는 건 아니야."

아무리 길드원이어도 남을 위해 요리하는데, 공짜로 한다? 아니, 지혜는 자신이 부탁하는 만큼 민혁의 편의를 최대한 봐주고 싶었다.

"최대한의 네가 원하는 보수를 줄게, 또한, 요리에 필요한 재료도 우리가 준비하고 민혁이 너는 요리만 준비하면 돼."

꽤 흥미로운 이야기였다. 그들이 공급해 주는 질 좋은 재료로 길드원을 먹인다. 그리고 그 요리를 함께 먹는다. 좋다, 아주 최고의 조건이다.

"요리의 버프량에 따라 네가 원하는 걸 줄 거야."

"돈은 사실 필요 없어."

"아, 그, 그래?"

지혜는 이내 고개를 끄덕였다.

그러고 보면 민혁이의 아티팩트는 대단해도 너무 대단했다. 마차에서 습격을 받았을 때, 공격을 튕겨냈던 갑옷, 또한 엄청난 방어력을 자랑하는 프라이팬은 마법 공격까지 튕겨냈다. 거기에 더해져 그가 가지고 있는 검 또한 절대 가볍지 않았다.

"하긴, 너라면 돈은…… 그럼 어떻게 해야 할까? 폭렙할 수 있게 도와줄까?"

레전드 길드의 버스 태워주기! 남들이라면 눈에 쌍심지를 킬 수밖에 없을 거다.

하지만 이번에도 민혁은 고개를 저었다.

"아니, 내가 요리를 해줄 때마다 맛있는 재료를 가져다주면 돼."

"마, 맛있는 재료?"

"응, 맛있는 재료! 일반 재료들보다 더 특별한 거로!"

"예를 들어?"

"A급 요리 재료에서 S급 요리 재료!"

사실 민혁은 레벨이 낮기에 아직 얻을 수 없는 요리 재료가 많았다. 고렙 사냥터에는 꽤 많은 요리 재료가 숨겨져 있고 그것을 레전드 길드는 가져다줄 수 있다. 아니면 그들이 직접 구매하는 방법도 있고.

"OK!"

지혜가 흔쾌히 수긍했다.

그리고 때를 기다리고 있던 민혁이 말했다.

"그럼 일단은 아테네에 접속할까? 이거 너무 맛없다…… 빨리 맛있는 걸 먹고 싶어……."

"이, 인정……."

그들이 모두 동감했다.

"이 근방에 캡슐 방 있나?"

지혜의 질문에 민혁이 고개를 끄덕였다.

"있지, 이 건물에."

곧 민혁이 그들을 안내했다.

안내된 곳에는 캡슐들이 나열되어 있었다.

"와…… 캐, 캡슐들 봐…… 저, 전부 이번에 새로 나온 신형이야!"

"개 쩐다…… 클라스……!"

그들이 감탄하며 캡슐에 들어갔다.

그리고 민혁은 자신의 방으로 갔다. 자신은 특대형 캡슐로만 들어갈 수 있기에.

엘레와 만난 발렌은 이필립스 제국의 황궁으로 가서 그와의 만찬을 즐겼으며, 이런 약속을 했다.

'이필립스 제국에서 북부 대륙 몬스터 토벌을 도와주신다면 최대한의 정보와 지원을 아끼지 않겠습니다.'

이는 콜로디스 제국보다 이필립스 제국의 유저들이 먼저 나아간다는 증거이기도 했다. 이후, 이필립스 제국의 유저들에게 무수히 많은 퀘스트가 발발했다.

"이방인들은 들으시오! 이번 북부 대륙의 몬스터들을 토벌하기 위해 병력을 모집하고 있소!"

"야야, 대박, 저 퀘스트 꼭 해야 해!"

"캬, 북부 대륙 개척!"

북부 대륙에 뛰어든 것은 이필립스 제국 유저뿐만이 아니었다. 콜로디스 제국에도 퀘스트가 발발했다.

"현재 이필립스 제국이 북부 대륙 개척에 온 힘을 다하려 한다. 하지만 우리가 그들보다 먼저 북부 대륙의 개척에 성공하고 값진 자원과 몬스터의 부산물 등을 얻어야 한다! 이에 함께할 이방인들이 있는가?"

조금 다른 방식의 퀘스트지만, 북부 대륙을 개척한다는 사실은 변함이 없었다.

발렌은 자신을 지켜준 레전드 길드원들 모두와 엘레의 병사들 500명, 기사단 50명과 함께 무사히 자신을 마중 나온 발키리 왕국 병사들과 만날 수 있었다.

"전하! 죄송합니다!"

"크흐흐흐흑!"

신하들은 눈물을 흘리며 발렌을 맞이했다. 그리고 발렌과 함께한 레전드 길드원들은 최초로 발키리 왕국을 발견한 사람들이 되었다.

[발키리 왕국을 처음으로 발견하셨습니다.]

[명성 30을 획득합니다.]

[발렌 왕을 구한 사실이 만백성에게 알려졌습니다.]

[발키리 왕국 내에서 레전드 길드는 왕을 구한 영웅들이라고 알려져 있습니다.]

[10% 싼값에 물품, 스킬북, 포션 등을 구매할 수 있습니다.]

[발키리 왕국 사람들과의 친밀도가 높아 퀘스트를 받기 수월해집니다.]

"캬!"

에이스는 작은 감탄사를 터뜨렸다.

"여기엔 로빈 같은 여자가 있겠지?"

"NPC하고 사귀게?"

"형, NPC도 사람임!"

크로우가 쯧 하고 혀를 찼다.

"길마님은 언제 오시나?"

"곧 오겠지?"

현재 지니와 로크, 칸 등은 로그아웃 중이었지만 발렌이 준 '발키리 왕국 귀환석'을 타면 이곳으로 바로 넘어올 수 있다.

그 귀환석을 길드원이 그들에게 주는 방법은 간단하다. 바로 길드 창고에 넣으면 된다.

"근데 발렌 왕이 우리한테 어떤 영토를 주려나?"

"글쎄?"

"작위도 지니 누나가 받겠지?"

"당연하지, 길드에서 명성 가장 높은 게 지니잖아."

지니의 명성은 압도적이었다. 거의 레전드 길드원 한 사람의 두 배에 육박하는 수준이다.

보통 길드에서 작위를 받으면 길마가 아니라 명성이 가장 높은 이가 받는다. 그래야 병사들 부리기가 한결 수월하고 영지 굴리는 것도 쉬워지기 때문.

이윽고 발키리 왕국의 수도 베르스에 도착한 그들은 고개를 갸웃했다.

"뭐지? 왜 이렇게 분주한 것 같지?"

에이스가 고개를 기울이며 말했다. 왕이 돌아왔다는 사실로만 바쁜 것 같진 않았다.

그에 발키리 왕국의 은빛 기사단 소속 기사 한 명이 그들을 왕궁으로 안내하며 말했다.

"현재 제사 준비 중이기 때문입니다."

"제사요?"

"예, 저희 발키리 왕국은 쥬이스 신으로부터 보호를 받고 있습니다. 쥬이스 신의 축복에 따라 저희 발키리 왕국을 몬스터들이 침공하지 않는 것이지요."

"호오."

아테네에는 여러 신이 존재하는데, 그중 가장 높은 신이 바로 '아테네'다.

아테네는 유저들도 흔히 알고 있듯이 아테네 세계관을 총괄하는 슈퍼컴퓨터이기도 하다. 그 외에 다섯의 신이 존재하고 그중 하나가 바로 쥬이스 신이다.

"쥬이스 신의 감사함에 저희는 1년마다 한 번씩 쥬이스교의 사제들과 함께 모여서 일주일 동안 제사를 지냅니다."

"컥…… 일주일이나……."

"그만큼 감사한 분이시니 당연한 일이지요."

기사는 하늘을 바라보다가 양손을 모아 잠시 기도한 후 다시 말했다.

"또한, 쥬이스 신께선 아주아주 까다로운 입맛을 소유하신, 미식가이시기도 하지요."

"미식가라?"

크로우가 관심을 가졌다.

"예, 제사가 끝난 후 쥬이스 신께서는 지상에 내려오셔서 전설의 요리사 랄드가 해준 요리를 맛보고는 돌아가시고는 합니다. 정말 까다로운 입맛을 가지셨죠. 예전에 한번 실수로 상한 연어가 올라간 적이 있었습니다."

"네."

"그때 노하신 쥬이스 신에 의해 북부 대륙 전체에 오랜 시간 비가 내리지 않고 몬스터들이 흉포해져 발키리 왕국의 마을들을 습격하는 일들이 빈번히 벌어졌습니다. 쥬이스 신이 내린 벌이었죠. 그 이후로 정말 꼼꼼하게 신경 씁니다."

그에 크로우는 고개를 끄덕였다.

'쉽게 말하면 밥이 맛이 없다고 밥상을 엎었다는 거네?'

참 까다로운 신이라는 생각이 들었다.

그때.

[길드 채팅: 길드 마스터 지니 님이 접속하셨습니다.]

게임에 접속한 지니가 그녀가 말했다.

[길드 마스터 지니: 기쁜 소식이 있습니다. 새로운 길드원 두 분이 앞으로 함께하게 되었습니다.]

그에 에이스와 크로우가 관심을 가졌다.

[길드 마스터 지니: 한 분은 바로 루트 님입니다.]

"오, 루트 님 활 솜씨는 끝내주지."
크로우가 작게 감탄했다. 그리고 이어서.

[길드 마스터 지니: 한 분은 얼마 전에 루마드를 사냥했던 프라이팬 살인마입니다. 그리고 그의 본 직업은 사실…….]

지니는 잠시 뜸을 들였다.
에이스와 크로우가 고개를 갸웃했다.

[길드 마스터 지니: 버프 요리를 만들 수 있는 요리사입니다.]

"컥!"
"헐? 흰수염이 죽었을 때보다 더 충격적이잖아!"
에이스와 크로우의 시선이 마주쳤다. 그 말도 안 되는 무력을 가진 이가 엄청난 요리사라고?
그리고 다시 길드 채팅이 활성화되었다.

[길드 채팅: 민혁 님이 레전드 길드에 가입하셨습니다.]

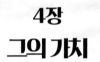

4장
그의 가치

콜로디스 제국 유저들은 비상에 걸렸다.

북부 대륙의 발키리 왕국과 이필립스 제국이 동맹을 맺었다. 그 의미는 무수히 많은 아티팩트, 정보, 값진 것들을 이필립스 제국 유저들이 독식할 확률이 높다는 거다. 또한, 그로 인해 이필립스 제국에 있는 길드들이 콜로디스 제국에 위치한 길드를 앞지를 수도 있다는 의미였다.

유저 칼리안은 4대 길드 중 하나인 아이리스를 이끌고 있는 길드 마스터였다. 통합 랭킹 22위에 빛나는 칼리안은 국내에 있는 무수히 많은 강자 중 하나이기도 했다. 누구를 붙잡고 어디가 국내 최고냐고 물어도 대부분 사람들이 '아이리스 아입니꺼!'라고 대답할 것이다.

4대 길드가 존재하지만, 그 4대 길드 중에서도 가장 우위에

선 게 바로 아이리스 길드다.

그 아이리스 길드의 칼리안은 심각한 표정으로 한 동굴 앞에 길드원들과 서 있었다.

동굴의 문은 닫혀 있었다. 그리고 그 동굴 안에 들어간 것은 다름 아닌, 네크로맨서 바크였다.

'바크. 믿을 건 너밖에 없다.'

네크로맨서 바크가 가진 뛰어난 능력. 바로 영혼 소환술!

영혼 소환술을 성공한다면 영혼을 불러들여 그에게 원하는 질문 몇 가지를 할 수 있다.

하지만 이는 아주 희귀한 확률로 성공하는 특수 스킬이고 질문의 개수마다 바크에게 적용되는 페널티도 컸다.

쿠구구구구구구궁!

잠시 후, 굳게 닫혀 있던 동굴의 문이 열리고, 그 안에서 검은 로브를 쓴 바크가 걸어 나왔다.

"영혼 소환술은 성공했나?"

칼리안의 물음에 바크의 고개가 천천히 끄덕여졌다.

바크가 소환한 것은, 죽은 발키리 왕국의 사제였다.

전에 발렌 왕을 빼앗기 위해 습격했을 때, 혹시 몰라 아이리스 길드에서 시체를 회수했다. 시체를 통해, 발키리 왕국의 위치를 알아낼 수 있을 테니까.

"지금 이 판을 바꿀 수 있겠나?"

그에 바크는 짙게 웃었다.

"예, 생각보다 간단한 방법으로 발키리 왕국 내의 레전드 길드까지도 몰아낼 방법이 있더군요."

"……오호?"

칼리안은 감탄했다. 간단한 방법으로 레전드 길드를 몰아낼 수 있다니!

지금, 모든 길드가 레전드 길드의 성장을 견제하고 있었다. 그들이 발키리 왕국의 영토를 최초로 획득하게 될 테니까.

곧 짙게 웃던 바크가 말했다.

"쥬이스 신의 제사 음식에 독을 타면 됩니다."

"제사 음식에 독을 탄다고?"

칼리안은 이해할 수 없다는 표정을 지었다.

바크는 안에서 들었던 이야기를 하나하나 풀었다. 그녀는 제사 음식이 마음에 들지 않는다고 며칠 동안 지독한 가뭄을 내렸다고 한다. 그런데, 그 음식에 독을 탄다면?

"엄청난 재앙이 불어닥치겠군……."

칼리안이 중얼거렸다.

마음에 들지 않는 음식, 그 이상을 넘어 신성한 쥬이스 신을 모시는 제사 음식에 독이 들어가 있다면? 엄청난 재앙이 북부 대륙을 휩쓸지도 몰랐다.

"사제는 상당한 고위급 사제였습니다."

"그래?"

"그를 통해 많은 정보를 얻었지요."

영혼 소환술에 성공한다면 소환된 이는 질문에 순순히 답해야만 했다.

그리고 바크가 말했다.

"분노한 쥬이스 신에 의해 발키리 왕국은 잠시 혼란 속에 빠질 겁니다. 또한, 레전드 길드의 등장과 함께 그런 일이 벌어지자 민심은 사나워지겠지요."

칼리안이 고개를 끄덕였다.

일리가 있는 말이다. 한데, 이것을 통해서 우리가 얻는 건 무엇인가? 고작 레전드 길드의 추락뿐이라는 건가?

그의 생각을 읽은 듯 바크가 말했다.

"그리고 그 상황을 해결할 수 있는 묘책 또한 알아냈습니다. 본래 그 사제는 히든 퀘스트를 주는 놀라운 사제지요. 그가 말하기를 분노한 쥬이스 신을 진정시키기 위해선 '타락한 쥬이스의 던전'을 찾으라고 했습니다. 그곳에 '분노한 쥬이스의 영혼'이 있을 것입니다. 그 '분노한 쥬이스의 영혼'을 사냥한 후에 쥬이스 신이 만족할 만한 놀라운 만찬을 차려준다면 진정시킬 수 있습니다. 또한, 그에 따른 막대한 보상도 있겠지요."

칼리안은 그 말에 고개를 끄덕였다.

분명히 이는 엄청나게 등급 높은 퀘스트일 것이다. 이번 업데이트 때 SS등급의 퀘스트가 풀렸다고 했는데, 그중 하나일 것 같았다.

물론, 이 퀘스트는 자신들이 만드는 일종의 조작이다. 독을 뿌리고, 독을 회수하는 격.

"……이걸 만약 실시간 방송한다면?"

아이리스 길드는 유명 게임 방송 채널의 한 프로그램인 '던전 공략 라이브'와 연계를 맺고 있다. 그곳에서 SS등급 퀘스트를 클리어하는 걸 방송한다면 아주 재밌을 터다.

또한, 영웅 노릇을 할 수 있다. 발키리 왕국을 구한 것은 결국 콜로디스 제국 유저들이라고! 어쩌면 다른 길드를 제치고 발렌 왕과 아이리스 길드의 사이가 가장 돈독해질지 모른다.

또한, 발렌 왕은 습격을 가한 자들이 오로지 아레스 길드, 루마드와 그 제국군이라고 생각하고 있을 터.

"문제는 두 가지군."

칼리안이 턱을 쓸며 말했다.

"첫 번째, 독을 어떻게 타느냐."

"당연히 영혼을 통해 발키리 왕국의 위치 또한 확인했습니다."

그에 칼리안이 픽 웃었다. 바트는 마음에 드는 녀석이다.

남은 다른 문제.

"누가 그 만찬을 요리하느냐."

분노한 쥬이스의 영혼을 사냥한다 한들, 만찬에서 쥬이스가 만족하지 못한다면 큰일이다. 한데, 신이 만족할 만한 만찬을 만들 수 있는 자.

두 사람이 잠시 생각에 잠겼다.

그리고 곧 칼리안이 손가락을 튕겼다.

따악!

"황혼의 요리사, 블랙!"

아테네에 접속한 민혁은 실망한 기색이 역력했다.

전설의 요리사가 만들어주는 초밥! 그걸 먹기 위해 들어왔건만! 제사 준비 때문에 발렌 왕과 전설의 요리사 랄드까지 바쁘다고 했다.

하지만 이는 발키리 왕국에 꼭 필요한 일이라고 하니, 어쩔 수 없는 일. 좀 기다려야 할 것 같다. 대신에, 다른 맛있는 걸 먹을 방법이 존재하지 않던가.

"이번에 새로 가입한 민혁이라고 합니다. 잘 부탁드립니다."

민혁이 꾸벅 고개를 숙여 보였다. 레전드 길드원들은 박수로 그를 환영했다.

요새 가장 핫한 프라이팬 살인마의 영입! 이는 결코 무시할 수 없는 일. 그리고 그 옆에는 루트도 함께였다.

"루트입니다. 잘 부탁드려요."

그리고 곧 지니가 민혁의 옆에 서 말했다.

"말씀드렸다시피 민혁 님의 경우 제 현실 친구이기도 합니다. 일이 있어서 5년 만의 재회예요. 그리고 말씀드렸다시피 민혁 님은 아주아주 뛰어난 요리사이시기도 합니다."

"정말인가요?"

"믿을 수가 없네요……."

길드원들은 놀랄 수밖에 없었다.

프라이팬 살인마는 뛰어난 딜러였다. 강력한 한 방으로 적을 압살했다. 또한, 뛰어난 탱커이기도 했다. 무지막지한 갑옷과 HP로 레벨 대비 믿을 수 없는 힘을 보였으니까.

사실, 길드원 중의 몇몇은 생각했다.

'버프 요리라…….'

버프 요리! 나쁘지 않다.

하지만 버프 요리는 효과가 좋을수록 값이 너무나도 비싸다. 사제들의 경우 MP 소모만으로 버프를 거는 것에 비해 버프 요리는 재룟값이 들어간다. 그게 바로 버프 요리의 한계.

"민혁이는 아주아주 뛰어난 버프 요리를 만들 수 있어요. 하지만 세상에 공짜는 없겠죠?"

지니가 작게 웃으며 말했다.

"민혁이가 저희를 위한 요리를 만들 때 재료 공급은 저희 길드에서 합니다."

"아, 그건 당연한 거죠."

"물론입니다."

길드원들은 흔쾌히 수긍하여 끄덕였다.

그러던 중, 크로우가 물었다.

"값은 얼마입니까?"

크로우가 이렇게 물은 이유는 버프 요리가 효과 대비 너무 비쌌기 때문이다.

크로우는 예전에 황혼의 요리사 블랙이 만든 요리를 사 먹어본 적이 있다. 한 그릇에 자그마치 4플래티넘. 현금으로 하면 2,000만 원인 셈. 물론 효과는 뛰어났다. 경험치 상승률 13%, 8일 동안 효과 지속에 모든 스텟 2% 상승이었다.

그때 크로우는 폭렙 중이었기에 어쩔 수 없이 구매하면서 물었다. 요리가 왜 이렇게 비싸냐고. 그 질문에 황혼의 요리사 블랙이 길드 마스터로 있는 루베르트의 길드원은 이렇게 대답했다.

'비싼 재료들로만 만들었으니까요.'

그게 값이 비싼 이유. 비싼 재료가 대폭 들어가 비쌀 수밖에 없다는 거다.

"음, 여기선 아마도 민혁이와 확실한 협상안이 필요한 것 같아요."

지니가 말했다.

사실상 민혁은 '맛있는 재료'면 충분하다고 했다. 하지만 버프 요리가 가지는 가치에 따라 민혁이 받아야 할 보상도 달라야 하지 않을까?

그리고 민혁도 지니의 뜻을 이해했다. 길드란, 친목으로만 돌아가는 게 아니다. 서로가 서로한테 도움이 되고 그에 따른 값어치를 치러줘야 한다. 그렇지 않은 친목 길드는 대부분 밑바닥을 웃돌게 마련이다.

"그럼 이렇게 하는 게 어떨까요? 저는 사실 여러분에게 요리를 해드려서 맛있는 재료를 얻을 생각이거든요."

"마, 맛있는 재료?"

그에 길드원들은 고개를 갸웃했다. 몇천만 골드, 혹은 몇 플래티넘이 아닌, 재료라니?

"저희 민혁이가 좀 식탐이 많아서……."

"하, 하하…… 좀 많이 많군요."

크로우가 어색하게 웃었다.

지니는 굳이 민혁의 병과 그의 집안에 대해 말하진 않았다.

"괜찮으시다면 레어 버프 요리가 뜬다면 2천만 골드, 유니크 버프 요리가 뜬다면 A급 재료, 에픽이 뜬다면 S급 재료, 전설은 S급 재료 두 개 혹은 명약 어떤가요?"

그에 길드원들은 얼추 계산해 봤다.

레어 버프 요리가 2천만 골드. 일반적으로 황혼의 요리사 블랙이 판매하는 레어 요리가 약 1플래티넘이었다. 그리고 유니크의 경우 저번에 크로우가 먹었던 4플래티넘.

보통 순수한 A급 재료만 약 5천만 골드에서 1플래티넘 정도인데, 여기에 요리한 비용과 등급의 값어치, 요리사의 명성에 따라 가격이 올라 블랙의 요리가 4플래티넘이었다.

민혁도 그와 비슷하다. 요리 공급비와 요리를 해준 값, 등급 등에 따라서 가격을 매긴 것. 하지만 여기엔 허점이 존재했다.

"너무 비싼 것 같습니다. 길마님."

크로우가 한 말이었다.

"……난 좀 싼 것 같은데."

지니가 말끝을 흐렸다.

크로우가 고개를 갸웃했다.

"싸다고요……?"

다른 길드원들도 웅성거렸다.

에이스가 황당하단 표정이었다.

"에이, 누나. 세계에서 알아주는 요리사 블랙의 유니크 요리가 4~6억 골드 사이래. 근데 그건 블랙의 요리잖아, 저 형은……"

듣도 보도 못한 요리사다.

실제로 민혁의 프라이팬 살인마로서의 무력은 입증되었다. 하지만 그는 운이 좋았다는 평가가 다분한 편. 강함을 떠나서 그가 요리로 입증한 게 무엇이 있는가? 사람은 자신이 실제 보지 않으면 믿지 않는 법이다.

그에 지니는 아차 했다.

'내가 민혁이의 능력도 보여주지 않고 길드원들에게 제안하고 있었구나……!'

그녀는 쓴웃음을 지었다. 길드원들의 반응이 충분히 이해가 됐다.

황혼의 요리사 블랙의 요리는 레어 등급이어도, 일반 요리사가 만든 레어 등급 요리보다 더 뛰어난 편. 또한, 그에 따른 이름값이 붙는다. 실제로 황혼의 요리사 블랙이 만든 요리는 말문을 잇지 못할 정도로 맛있다고 하니, 그 비싼 값에도 사 먹어볼 만한 거다.

하지만 민혁은? 어떠한 것도 입증되지 않았다. 버프도, 맛도, 그 어떤 것도. 또한, 그가 만든 요리가 사제들의 버프를 대체할 수는 있을까? 버프 요리는 압도적으로 사제들 버프보다 뛰어나지 않으면 솔플 할 때 아니면 먹지 않는다. 이런 것을 모두 감안했을 때, 민혁의 요구는 터무니없어 보이기 충분했다.

길드원들의 반응에 민혁이 조용히 있다가 말했다.

"요리사 블랙이요? 그 사람 버프가 그렇게 좋나……? 전 잘 모르겠던데."

"……?"

"……?"

"……?"

길드원들의 이목이 그에게 집중되었다.

황혼의 요리사 블랙의 요리 버프가 별로 좋은 것 같지 않다? 아니다. 블랙은 과연 세계적인 요리사 중 한 명이라는 말이 무색하지 않게 정말 뛰어났다. 심지어 그가 한 요리는 올라가는 버프와 유지 기간, 보관도 자체가 터무니없이 높다. 그리고 실제로 크로우는 그것을 몸소 체험했다.

"그거 진담이에요?"

에이스의 물음이었다.

사실 민혁으로서는 당연한 반응이었다. 그는 예전에 아테네 공식 홈페이지를 통해서 황혼의 요리사 블랙이 만들었다는 요리를 확인해 봤다. 민혁과 비슷한 재료 등급을 사용했을 때, 그보다 버프량이 훨씬 낮은 편이었다.

"네."

"음……."

길드원들이 신음을 흘렸다.

그리고 이어, 지니가 말했다.

"일단 크로우 님이 먼저 민혁이의 요리를 맛보는 게 어때요?"

"그럼 그러도록 하겠습니다."

어떻게 보면 그것은 총대를 메는 것이었다.

크로우는 솔플을 즐기는 유저로, 황혼의 요리사 블랙의 요리까지는 아니더라도 다른 이들의 요리로 버프를 받는 것을 자주 하곤 했다.

'좋았어, 크로우 님을 통해 어떤 맛있는 걸 먹을 수 있는지 한번 볼까?'

민혁도 함께 먹을 수 있기에 그는 서둘러 레시피 창조 스킬을 사용했다.

[상대방이 원하는 레시피를 창조합니다.]

[카레라이스 레시피를 확인할 수 있습니다.]
[레시피 창조에 따라 버프량을 소모합니다.]

'오오오! 카레라이스!'

민혁의 입가에 작은 웃음이 지어졌다.

카레라이스. 노란 빛깔에 김이 모락모락 피어오르는 녀석, 밥과 만나 입에 넣으면 다양한 채소를 즐길 수 있고 그와 함께 고기도 즐길 수 있는 아주 맛있는 요리!

민혁은 레시피를 확인했다.

(크로우를 위한 카레라이스 레시피)

필요 재료: 붉은 돼지의 안심, 카레 가루, 아빈로의 브로콜리, 양파, 달빛감자, 당근.

기대 요리 등급: 유니크~전설

기대 효과:

- 크로우의 경험치 획득률 대폭 상승
- 크로우의 창술 마스터리 패시브 스킬 대폭 상승

확인을 끝낸 민혁.

'저번에도 그렇고⋯⋯.'

레시피 창조 스킬이 놀라운 건 딱 그 사람에 맞는 버프 효과를 올려주는 느낌이라는 거다.

확인해 보기 위해 물었다.

"혹시 크로우 님 요새 레벨업이 절실하지 않나요?"

"……맞습니다."

"역시."

"역시라고?"

지니가 고개를 갸웃하자 민혁이 설명했다.

"난 상대방이 가장 원하는 레시피를 볼 수 있거든."

레시피 창조 스킬은 그런 것이다. 상대방이 가장 좋아하거나 먹고 싶은 것을 창조하는 것.

민혁이 말했다.

"크로우 님, 카레 드시고 싶으시죠?"

"그, 그걸 어떻게 아셨죠?"

며칠 전부터 크로우는 카레가 먹고 싶었다. 하지만 혼자 사는 남자 크로우가 먹을 수 있는 카레라고는 노뚜기 3분 카레밖에 없었다. 그런 카레가 아닌, 감자와 당근, 고기가 듬뿍 들어간 카레가 먹고 싶었던 그다.

"그리고 카레에 브로콜리 넣는 거 좋아하시고요."

"헉!"

크로우는 귀신을 본 듯한 표정이다.

카레의 브로콜리는 사실상 취향이 갈릴 수 있는 재료이다. 하지만 레시피 창조에 딱 쓰여 있는 걸 보면 분명해 보였다.

"마, 맞습니다."

"그것보다 민혁아, 크로우 님이 레벨업이 절실한 건 어떻게 알았어? 크로우 님이 사실 우리 길드에서 레벨이 꽤 낮으신 편이시거든."

현상금 사냥꾼 크로우! 그는 광렙보단 현상금 사냥에 목을 많이 매는 편이다.

그는 길드의 꼭 필요한 딜러 중 하나였다. 하지만 레벨이 낮아 요새 그 효과가 많이 떨어진 것 같았다. 그 때문에 크로우는 이 북부 대륙에선 광렙만 할 생각을 하고 있는 중이었고.

"크로우 님을 위해 해줄 요리에 레벨업을 도와줄 버프가 담길 거예요."

"오, 그거 괜찮군요."

크로우가 그 부분에 흡족해하는 듯한 반응을 보였다.

"혹시 지금 말하는 재료들 가져다줄 수 있을까요?"

"네."

"붉은 돼지의 안심, 카레 가루, 아빈로의 브로콜리, 달빛감자, 양파, 당근입니다."

"어…… 음, 잠시만요……."

크로우는 당황했다.

당근과 카레 가루는 흔하게 구할 수 있는 재료 같아 보였다. 하지만 다른 몇 가지 재료는 생소했다. 그렇지만 아테네에 존재하는 재료이기 때문에 말했을 것이다.

크로우는 검색해 봤다.

먼저 붉은 돼지의 안심. 붉은 돼지는 아드레드 마을이라는 곳에서만 자라나는 돼지로써 재료 등급 A의 돼지다. 고기 육즙을 더 많이 품고 있으며 그만큼 씹는 맛이 있는 녀석이라고 쓰여 있다.

그 외의 아빈의 브로콜리는, 브로콜리를 4대째 대를 이어받아 키우고 있는 아빈이라는 이에게서 얻어야 했고, 달빛감자는 달빛을 머금은 신비한 감자였다.

"이, 이 재료들, 생각보다 만만치 않은데요?"

크로우는 당혹했다. 재료들 값어치가 생각보다 만만치 않을 것 같았다.

'이거 잘못하다간 돈 좀 쓰겠구나.'

"없으면 일반 재료로 대체 가능해요. 대신에 최대 요리 등급이 하락하고 버프량도 떨어질 거예요. 참, 그리고 제 요리는 한 달에 한 번만 맛볼 수 있다는 점도 유의하셔야 합니다."

"음……."

버프량이 떨어진다는 말에 크로우는 길드원들을 둘러봤다.

"혹시 이 중의 재료 하나라도 있으신 분?"

"어? 나 아빈로의 브로콜리 가지고 있는 것 같은데?"

로크가 답했다. 곧이어 그가 인벤토리에서 짠! 하고 브로콜리를 꺼냈다.

"여깄지!"

"오오오, 로크. 고맙다!"

"고맙긴, 얼마?"

"……길드원 D.C 됩니까."

크로우가 일단 로크에게 아빈로의 브로콜리를 얻었다.

듣기론 이상한 퀘스트를 하고 얻었다고 한다, 또 이 아빈로의 브로콜리의 경우 오랜 시간 상하지 않는 특이한 힘을 가졌다고 한다.

아빈로의 브로콜리도 A급 재료, 그 외의 재료는 길드원들이 가지고 있지 않았다.

"그럼 일단 이걸로만 해주시죠."

사실 크로우는 별로 기대하지 않고 있었다.

'그래도 아빈로의 브로콜리값만큼은 뽑기를……'

아빈로의 브로콜리 자체도 2천만 골드에 로크와 거래했다.

그에 민혁은 고개를 끄덕이고는 다른 재료를 일반 재료로 대체한 후에 요리를 시작했다.

레전드 길드원들은 본래 모두 사냥, 퀘스트 등에 목매는 이들이었지만 요리 하는 것까지만 구경하고 갈 심산이었다.

민혁은 블랙의 요리가 별것 아닌 거라는 것처럼 말했다. 만약 기대에 충족하지 못한다면 그만큼의 대가를 치러야 할 것이다.

'만족도가 얼마나 오르려나.'

민혁은 요리를 시작하며 생각했다.

만족도도 만족도지만, 그도 어서 빨리 맛있는 카레를 먹고 싶었다. 심지어 아빈로의 브로콜리라는 재료까지 들어가지 않았는가.

먼저 돼지고기 안심은 맛술 1스푼, 소금 2꼬집, 후춧가루를 톡톡 뿌려 밑간을 해줬다. 그다음 감자와 당근은 깍뚝썰기로 먹기 좋게 자른다. 그리고 양파와 브로콜리도 이처럼 먹기 좋은 크기로 잘라준다.

민혁은 프라이팬 위로 기름을 둘렀다. 그리고 밑간을 해놓고 먹기 좋게 잘린 돼지고기 안심을 프라이팬에 넣었다.

치이이이이이익!

연홍빛을 띠던 고기가 하얗게 변하면 그때 채소를 넣고 함께 볶기 시작한다.

[지금 물을 넣고 카레 가루를 넣는 것이 가장 좋습니다.]

신의 요리습득 스킬은 오늘도 민혁을 도와줬다.

왜일까? 오늘의 요리는 더 특별하게 느껴진다.

맛있는 카레. 이를 먹기 위함도 있었지만 레전드 길드원들이 다소 자신을 못 미더워하는 것 같은 느낌이 든다.

특히나 이 요리를 선택한 크로우. 그에게 정말 맛있는 카레를 먹이고 싶다. 물론, 자신도 함께 그 카레를 먹고 싶기도 하다.

민혁은 물을 부었다. 그리고 그 위로 과립형 카레 가루를 넣고 끓이기 시작했다. 분말 가루가 물에 풀리기 시작한다.

휘휘 젓다 보니 어느덧 걸쭉해지기 시작했다.

[지금 불을 끄는 것이 가장 좋습니다.]

정확한 때를 맞춰 민혁의 프라이팬에 붙어 있는 마법 능력이 저절로 멈춘다.

카레가 완성되었다. 주홍빛을 띠는 카레에 여러 가지 색상의 재료들이 군침 돌게 만든다.

그리고 이어 알림이 울렸다.

[카레라이스를 완성하셨습니다.]

[크로우만이 버프 효과를 볼 수 있는 요리입니다.]

[레시피 창조 스킬 요리는 한 사람당 한 달에 하나씩의 요리만 맛볼 수 있습니다.]

[무아지경. 당신의 '즐거움'이 들어간 요리입니다.]

[무아지경에 따라 버프 효과가 더 좋아집니다.]

[유니크 등급입니다.]

[손재주 2를 획득합니다.]

[명성 4를 획득합니다.]

[업적 포인트 400을 획득합니다.]

예전처럼 또다시 패시브 스킬 무아지경이 나타났다.

무아지경은 요리하는 자의 마음가짐, 상황 등 여러 요소에 따라 발발한다. 요리사 랜에게 해줄 땐 처음 미각 잃은 그에게 요리를 해준다는 것에 기쁜 마음이, 그리고 지금은 맛있는 요리를 먹이고 인정받고 싶다, 또는 '요리하는 즐거움을 느낀다'가 반영된 듯싶었다.

무아지경에 의해 더 뛰어나진 버프 효과! 민혁은 확인을 끝내고 다소 놀란 표정을 지었다. 그리고 빙긋 웃었다.

'이 정도면……'

만족할 수밖에 없을 거다.

"와, 진짜 맛있겠다."

"저, 저기 고기만 쏙쏙 골라 먹고 싶다."

그리고 레전드 길드원들은 모락모락 김이 피어오르는 카레라이스를 보며 감탄했다.

본래 카레라이스는 한 번 할 때 양을 좀 많이 한다. 하지만 이는 오로지 크로우를 위한 요리!

"자, 김치와 단무지, 김을 빼놓을 수 없죠."

"크! 민혁 님 취향이 저랑 같네요."

크로우는 설레는 마음으로 요리를 기다리며 감탄했다.

그는 카레에 김치를 얹어 먹는 걸 좋아했다. 그리고 때론, 카레에 잘 비벼진 밥을 김으로 싸 먹어도 색다른 맛을 느낄 수 있다.

크로우는 먼저 요리를 확인해 봤다.

'어디 그 호언장담한 버프 능력 좀 볼까나?'

(카레라이스)

재료 등급: A

등급: 유니크 / 제한: 크로우만 버프 효과를 볼 수 있음

보관일: 12일 / 유지 시간: 12일

특수 능력:

- 창술 마스터리+2
- 경험치 획득률 23%

설명: 오로지 크로우만을 위해 만들어낸 요리이다. 요리사 민혁의 무아지경의 힘이 담겨 더 뛰어난 버프 효과를 발휘한다.

"……!"

크로우는 말문을 잇지 못하고 자신도 모르게 몸을 떨었다.

"어? 어……."

조금 전까지만 해도 기대감 어린 표정으로 숟가락과 포크를 쥐고 있던 그가 자신도 모르게 숟가락을 툭 떨어뜨렸다.

탱그랑-

이건 말도 안 되는 일이다.

숨이 턱 막혀와 그는 심호흡을 크게 했다.

"왜, 왜 그래, 크로우 형?"

"크, 크로우?"

길드원들이 의아한 표정을 짓는 것을 본 지니는 작게 웃었다.

'저 심정 누구보다 잘 알지.'

자신도 처음 보고 너무나 믿을 수 없었다.

곧이어 크로우가 말했다.

"버, 버프가…… 엄청나다. 창술 마스터리가 2 오르고, 경험 치가…… 경험치가……."

말문이 막혀 말을 잇지 못했다.

4플래티넘을 들여서 유지 시간 8일 동안 경험치 상승률 13%의 요리를 먹었다. 한데, 지금 이 요리는 사실상 그의 반의 반 값도 안 치르고 얻어낸 능력이다.

심지어 그때 루베르트 길드원들이 말했던 '재료 가격이 비 싸서'를 민혁은 깡그리 무시해 버렸다. 유저는 원한다면 그 요 리에 들어 있는 재료의 등급을 볼 수 있는데, 황혼의 요리사 블랙이 만든 요리는 재료 등급 A였다. 그리고 그 요리엔 자그 마치 A급 요리 약 2~3개가 들어갔다.

그런데 민혁은 단 하나의 A급 재료로 이런 효과를 냈다는 거다.

"크, 크로우…… 말 좀 해봐! 경험치가 왜?"

에이스가 재촉했다.

잠시 카레라이스와 민혁, 길드원들을 둘러보던 그가 마른침 을 꿀꺽 삼키며 말했다.

"23%가 올라…… 심지어 보관일이 12일, 유지 기간도 12일 이야. 거기에 창술 마스터리가 2 오르고……!"

"……!"

"……!"

"……!"

길드원들의 눈이 크게 떠질 수밖에 없었다.

23%? 이 정도 경험치 추가 획득량의 경우 이벤트에 따라서 만 받을 수 있을 정도일 것이다.

사실상, 저 정도 경험치 버프 효과를 만들기 위해서는 한 짝에 300플래티넘씩 하는 '성장의 반지'라는 5%의 경험치를 올려주는 걸 두 개 착용하고 황혼의 요리사 블랙의 요리를 먹어야 한다. 그런데, 지금 고작 1플래티넘도 안 되는 값으로 그런 효과를 발휘하는 요리가 나타났다. 심지어 창술 마스터리 2 증가?

상위 랭커에 오른 각 직업군, 즉 검사 상위 클래스를 예로 들었을 때 마스터리라는 패시브 스킬이 생겨난다. 이 마스터리 패시브 스킬은 레벨이 오를 때마다 공격력, 이동 속도, 공격 속도 등의 상승효과를 이룬다.

크로우의 창술 마스터리는 7레벨. 그리고 지금 민혁에 의해서 일시적으로 9레벨이 된다면, 평소보다 공격력이 8% 오르고, 이동 속도, 공격 속도도 8%나 오르게 된다.

"미, 미친……! 크로우, 장난치지 마!"

"넌 흰수염의 죽음을 장난으로 생각할 수 있어?"

"어, 어떻게 그런 걸 장난으로 생각할 수 있겠어!"

"그래, 나도 장난이 아니야. 모두 확인해 봐!"

크로우의 말에 에이스가 서둘러 카레라이스에 다가가 확인하곤 한 걸음, 두 걸음 물러났다. 그리고.

쿵!

엉덩방아를 찧었다.

"미, 미친……!"

심지어 평소에 표정 변화가 없는 전장의 신, 아스갈. 은빛 머리의 그녀 또한 끼고 있던 팔짱을 풀고 다가가 요리 재료를 확인해 보곤 놀란 듯 눈을 크게 떴다.

"미, 믿을 수가 없어."

그녀의 시선은 민혁에게 향해 있었다.

그리고 길드원들은 깨달았다. 민혁은 자만하고, 오만했던 게 아니다. 실제로 민혁이 만들 수 있는 요리에 비해서 황혼의 요리사 블랙의 요리는 초라할 수밖에 없다.

"이, 이거 내가 먹을래, 민혁 님, 제가 이거 10플래티넘 주고 삼요!"

"어어? 나 20플래티넘!"

"30! 30!"

또한, 경험치 획득률 23% 증가가 놀라운 이유는, 자신들보다 기존에 레벨이 높던 랭커들을 제칠 기회를 잡는 셈이기도 하기 때문이다. 몇 배의 가격으로 올라가도 이상하지 않다.

"확 그냥!"

크로우가 얼굴을 구겼다. 그리고 웃었다.

"이건 나만을 위한 요리라고!"

자신만을 위한 요리, 오로지 크로우만이 버프 효과를 볼 수 있다.

길드원들은 아쉬운 기색을 보였다.

"어서 앉으세요. 크로우 님!"

그리고 그런 길드원들의 반응에 민혁은 조금도 신경 쓰지 않고 그가 떨어뜨린 식기를 줍고 새로운 걸로 교환해 줬다.

그다음 그를 재촉했다.

"아, 예."

크로우는 의아한 표정을 지으며 그 자리에 대충 앉았다. 그리고 아빠 다리를 한 상태에서 카레라이스 접시를 들었다. 그러자 민혁에게도 똑같은 카레라이스가 생겨났다.

"헤헷! 맛있는 카레라이스!"

"……특이한 능력이다."

민혁의 앞에도 똑같이 생겨난 카레라이스에 길드원들은 작게 감탄했다.

곧이어 크로우가 카레라이스의 향을 음미했다. 향신료의 진한 냄새가 군침이 돌게 만든다. 꼴깍하고 침이 넘어간다.

'맛만 있어주면 정말 최고겠는데?'

그는 그런 생각을 하며 접시 위에 고슬고슬하게 올려진 밥과 그 옆으로 보기 좋게 놓인 카레라이스를 보았다. 그리고 수저를 움직였다.

카레라이스 한 수저를 퍼서 밥으로 가져와 슥삭슥삭 비빈 후, 한 숟가락을 크게 들었다.

입안에 카레라이스를 넣자 입안 가득 카레 고유의 향이 가득 퍼졌다.

그리고 씹는다.

밥과 잘 어우러진 카레라이스의 촉촉함, 거기에 더해져 적당히 잘 익은 당근과 양파, 브로콜리, 당근이 너무 무르지도 않게 딱딱하지도 않게 기분 좋은 맛을 낸다. 또한, 심심하지 않게 씹는 맛을 주는 안심은 어떠한가.

"……"

크로우는 잠시 카레라이스를 내려다봤다.

맛이…… 더 특별하다. 진하다. 감칠맛이 난다. 한 입 먹었는데 아쉬움에 또다시 서둘러 카레라이스와 밥을 비빈다.

"크로우, 뭐라고 말 좀 해봐!"

"크로우?"

하지만 크로우는 대답하지 않았다.

그는 잘 비벼진 밥 위로 김치 한 점을 얹었다. 그다음 입에 넣고 씹었다.

아삭아삭!

식감 있는 김치가 매콤달콤한 맛을 내고 카레의 부족한 맛을 잡아준다. 그렇게 다시 카레를 먹다가 단무지. 달짝지근하면서도 신맛을 내는 단무지와 카레의 조화. 또는 카레에 노릇

노릇 잘 구워져 소금이 발린 김을 싸서 먹어본다. 정말 맛있다.

그렇게 단숨에 먹어치운 크로우. 그는 냄비에 손을 뻗어 국자로 남아 있는 카레를 싹싹 긁어왔다. 그리고 민혁이 이때를 위해 준비해 놓은 밥솥에서 밥을 가득 퍼서 다시 먹었다.

크로우는 한 번에 3인분 정도 되는 양을 단숨에 먹어치우고 차가운 물을 집어 들었다.

벌컥벌컥-

시원한 물을 마시자 '후아' 하는 숨이 그제야 터져 나온다.

눈을 감은 크로우. 그의 입가에 작은 웃음이 맺어져 씰룩였다.

이후 눈을 뜬 그가 말했다.

"세상에서, 이렇게 맛있는 카레는 처음이다……."

그는 진심을 담아 한 말이었다.

정말 정말 맛있는 요리를 먹었을 때 사람이 가지는 감정은 여러 가지다. 아, 정말 맛있었다. 아, 다음에 꼭 또 먹고 싶다. 오늘 정말 배부르게 먹어 기분 좋다 등등. 확실한 건, 그 사람을 즐겁게 해준다는 거다.

"고맙습니다. 민혁 님, 정말 맛있었어요."

그리고 민혁은 이미 자신이 만든 카레라이스를 모두 먹어치운 후였다.

그리고 그 모습을 보던 길드원들. 그중 로크의 입에서 침이 주르륵 흘러나왔다.

"와, 나, 나도…… 먹고 싶다."

엄청난 버프량과 엄청난 맛. 가성비 최고의 식당 같은 느낌이기도 했다.

"이번 차례는 나인가? 후후!"

로크가 천연덕스럽게 한 말이었다. 그에 아스갈이 미간을 찌푸렸다.

"아니, 나야. 로크."

평소 과묵한 아스갈이 단호하게 말했으나, 에이스가 조르듯 말했다.

"아니, 형 누나들! 나 한참 먹고 클 때야, 사랑스러운 막내한테 양보하면 안 돼?"

"응."

"응."

"응."

"다, 단호박……."

에이스는 당황했다. 아니, 뭐 이런 사람들이 다 있어!

그런 그들을 지니가 중재시켰다.

"정말 죄송한 말이지만 다음 요리는 저희 셋 중 한 명이 먹어야 할 것 같아요."

그녀가 말한 셋은 지니, 로크, 칸이다.

"와, 지니 누나 치사해!"

에이스가 토라진 표정을 짓고 길드원들도 고개를 갸웃했다.

"저희가 깨야 하는 던전이 닫힐 시간이 얼마 남지 않았습니다."

"아……!"

"그랬지, 참."

지니와 로크, 칸이 도전하고 있는 던전. 클리어 영상을 올려 세계의 관심을 사려고 하는 그 던전이 곧 있으면 닫힌다.

간혹 이런 던전이 존재한다. 실패 횟수가 많아지고 던전 보스 몹 공략 자체가 이루어지지 않을 시에 던전이 아예 소멸되어 사라지거나 닫혀 버리는 것. 현재 그 던전이 그러했다. 그래서 셋 중 하나가 먹어 서둘러 공략을 시도해야 했다.

다른 길드원들은 다소 아쉬운 표정을 지었다.

그때, 갑자기 크로우가 머리를 감싸 쥐고 비명을 질렀다.

"으아아아아아악!"

"헉? 뭐, 뭐야! 왜 그래?"

"설마 요리 버프에 따른 부작용?"

"똥 마려워?"

"비, 빌어먹을."

크로우가 거의 울 듯한 표정이었다.

"내, 내가 왜 A급 요리 재료 하나만 넣었을까……! 다른 재료들도 다 넣었다면 정말 엄청났을지도 모르는데!"

"아……"

"음……"

크로우의 말을 다른 길드원들이 이해할 수 있었다.

민혁은 분명히 말했다. 요리의 재료를 대체 할 수 있다. 대신!

에 그만큼 나올 수 있는 등급이 떨어지며 버프 효과도 떨어지게 된다고.

하지만 그 의미는 다르게 해석도 가능하다.

"뭐, 뭐야…… 만약 저 형이 말했던 재료를 전부 모아 만들었다면 도대체 어떤 요리가 나온다는 거야?"

"……."

"……."

길드원들이 침묵했다.

하지만 곧 민혁이 고개를 저었다.

"이번엔 A급 요리 재료치고 버프 요리 효과가 좋았을 뿐이에요. 운 좋게 유니크가 나온 거죠."

"근데, 유니크가 나왔다는 건 에픽, 전설도 기대할 수 있다는 건 분명 맞죠?"

"그렇죠? 물론 재료가 더 좋을수록 그 요리를 먹을 확률이 더 높겠지만요. 그리고 제 요리는 먹으면 한 달 동안 더 이상 먹지 못한다는 것도 명심해야 합니다."

길드원들이 고개를 끄덕였다.

'와, 진짜…… 저 능력 대박이다.'

한 길드원이 그런 생각을 한 이유는 간단했다.

만약 대장장이에게 아티팩트를 구매한다. 그것도 아주 질 좋은 걸로. 그럼 보통 몇 개월을 사용하고 다시 제작 의뢰를 한다. 반대로 저 요리는? 매달마다 먹어야 하고 값을 지불해야 한다.

물론 아티팩트의 값이 더 비싼 편이다. 하지만 아티팩트는 결국 재료에 따라 한계에 부딪힌다. 그렇지만 민혁의 요리는? 한계에 부딪히지 않는다.

또한, 한번 그의 버프를 본 사람들은 마약을 접한 것과 같을 수밖에 없다. 10%의 힘을 더 내게 되었다가 버프가 사라져 다시 본래로 돌아오면 적응하지 못하는 법 아니던가? 100억, 아니, 1조 이상의 가치를 가진 게 민혁 같았다.

곧 지니가 말했다.

"우리 셋 중에서 로크한테 먼저 요리를 해줄 수 있을까?"

"아싸!"

로크가 기뻐하며 웃었다.

지니가 이유를 설명했다.

"로크의 힐은 아주아주 강해, 적들을 출혈 상태에 빠트리는 힘이 더 강해진다면 단숨에 제압할 수 있을 거라 생각하고 던전에서도 효과가 크겠지."

"그래, 알았어."

민혁이 고개를 끄덕였다.

그가 곧바로 레시피 창조를 사용해 그가 먹을 요리를 확인해 봤다가 폴짝 뛰었다.

"아귀찜이다, 호우!"

로크한테 요리를 해주는데, 오히려 민혁이 좋아했다.

'아, 맞다. 민혁 님도 같이 먹을 수 있지?'

그에 로크도 감탄했다.

"캬! 아귀찜, 기대된다. 난 꼭 최고의 재료들만 모아서 먹고 말겠어!"

그리고 에이스가 말했다.

"와, 저 형은 요리도 자기하고 똑같이 생긴 걸로 먹네?"

"……주, 죽인다!"

발키리 왕국의 요리사들이 움직였다.

전설의 요리사 랄드. 그가 전설의 요리사로 불리는 이유는 간단하다.

예전에 발키리 왕국을 습격했던 드래곤이 존재했다. 그 드래곤은 막강한 병사들과 함께 발키리 왕국을 초토화로 만들려고 했다. 그 드래곤은 블랙 드래곤 아스펠. 녀석은 쥬이스 신의 가호에도 불구하고 침략을 계속했다.

그러던 중, 폴리모프한 블랙 드래곤 아스펠이 왕궁으로 숨어들어 왔다. 왕을 죽이고 그의 기사단까지 죽인 후, 멸망시키려 한 것.

그런데 블랙 드래곤 아스펠은 그의 요리 냄새에 의해 취했다고 한다. 그리고 그는 랄드에게 맛있는 요리를 원했다.

몬스터도 먹을 것은 중요하게 여긴다. 또한, 맛있는 요리는 당연지사다.

랄드는 블랙 드래곤 아스펠이 두려워 그에게 요리를 해줬는데, 블랙 드래곤 아스펠이 그의 요리를 먹고 감격하여 적을 물리고 돌아갔다는 전설.

하지만 사실, 이는 전설일 뿐이었다. 사람들이 만들어낸 허구와 가깝다. 그만큼 랄드의 요리가 뛰어나 사람들이 그리 말하는 것이다.

하지만 그처럼, 랄드는 쥬이스 신에게 제사 음식을 올려 그녀를 만족시키는 중한 임무 또한 맡고 있으니, 그 전설과 다를 것이 없지 아니한가.

"이번 요리는 쥬이스 신께서 더욱더 만족하실 거야."

최고의 엄선된 재료. S급 이상의 것들로만 만들었다.

그리고 그가 만든 요리! 자그마치 에픽 등급의 요리다. 그는 이 요리 하나를 만들기 위해 수백 번을 S급 재료를 이용해 만들기를 반복했다.

쥬이스 신은 까다롭다. 에픽 등급 이상이 아니면 먹지 아니한다.

그렇게 완성된 요리! 바로 갈비찜이다.

물론 갈비찜만 있는 건 아니다. 갈비찜이 주를 이루고 여러 가지 음식이 부를 이룬다. 하지만 부를 이루는 음식마저도 놀라울 정도로 맛있다.

그는 흐뭇하게 웃었다. 곧 불어닥칠 재앙을 알지 못한 채.

발렌 왕은 사제들과 함께 양팔을 하늘 위로 치켜들고 말한다.

"쥬이스 신이시여, 당신의 축복으로 우리는 당신을 누구보다 아끼며 존중하노니…… 중얼중얼……."

사제 백 명이 그의 뒤에서 함께 주문을 외우고 제사상에 서둘러 음식이 올라간다.

이제 마지막만 남았다. 일주일간의 대장정. 이제 곧 쥬이스 신이 강림하여 음식을 맛보고 돌아갈 것이다.

'이번 요리는 더 잘되었으니 어쩌면 더욱더 우리 발키리 왕국이 풍요로울 수 있게 도와줄지도 모르겠구나.'

랄드가 부드럽게 웃었다.

곧이어 사제들과 발렌 왕이 넙죽 엎드렸다. 그들의 앞엔 쥬이스 여신상이 있었다.

사제들이 엎드린 상태에서 손바닥을 뒤집어 하늘을 보게 했다. 그들의 손바닥에서 엄지손톱만 한 작은 하얀빛들이 구의 형체가 되어 허공에 두둥실 떠올랐다.

그리고 그 구들이 수만 개를 이루었을 때.

파아아아앗!

하얀빛이 주변으로 터져 나갔다.

뚜벅뚜벅 뚜벅-

청아한 걸음 소리가 들렸다.

랄드도 그녀의 얼굴을 본 적이 없다. 단, 발렌 왕에 따르면 '과연 여신'이란 말이 절로 나올 정도로 아름답다 하였다.

그녀가 식기를 드는 소리가 들린다.

달그락, 달그락. 우물우물-

음미하는 소리…… 부드러운 숨이 '후' 하고 뿜어진다.

랄드는 보지 않아도 그녀가 만족스러워 작은 미소를 짓고 있음을 알았다.

그녀의 수저와 젓가락이 빠르게 움직인다.

고요함 속에, 발렌 왕은 부드럽게 웃었다.

'이번 요리는 최고라더니, 사실인가 보군.'

앞으로 1년 동안 발키리 왕국은 풍족해지리라. 또한, 쥬이스 신께서 도우심으로 북부 대륙에 있는 많은 몬스터들을 몰아내고 더욱더 영토를 확장시킬 수 있겠지.

그런 생각을 하던 때였다.

"쿨럭!"

갑작스러운 기침 소리가 들렸다.

발렌의 얼굴이 굳어졌다.

'뭐지? 그저 기침하신 건가?'

하지만 그는 고개를 들 수 없다.

이윽고 탁 식기를 내려놓는 소리가 들리고.

콰르르르르르르!

'헉……!'

'컥?'

'뭐, 뭐지?'

갑자기 신전 전체가 크게 진동하기 시작했다. 거대한 기둥이 무너질 듯 움직이고 강력한 힘에 숨이 막혀온다.

'컥, 컥컥······!'

하지만 감히 쥬이스 신 앞에서 그들은 숨소리조차 뱉지 못하며 속으로 그 소리를 삼키고 있었다.

[기분 나쁜 맛이 나는구나······.]

'기분 나쁜 맛?'

발렌은 미간을 구겼다.

설마 상한 음식이라도 올린 걸까? 아니, 말도 안 되는 일이다. 랄드는 모든 재료를 엄중하게 확인한다. 직접 맛보기도 하며, 가장 신선한 재료만 사용한다.

[독이라······.]

'······!'

그 순간 신전 안의 모든 이들의 입술이 꾹 다물어졌다. 독이라니? 독이라니! 감히 누가 쥬이스 신의 음식에 독을 탔단 말인가!

물론, 쥬이스 신은 죽지 않는 불사의 신이다. 그 때문에 결코 독 따위로 죽일 수 없다. 그 말은 간단하다.

'누군가 일부러······ 그녀를 화나게 하기 위해······!'

발렌의 눈이 크게 떠졌다.

거대한 진동은 갈수록 거세지기 시작했다.

[나의 축복에 이런 식으로 보답하다니.]

피식.

그녀의 웃음소리는 보지 않아도 소름이 끼칠 정도였다. 그리고 그 순간.

"커허어어억!"

요리사 한 명이 자신의 목을 부여잡았다.

"쿠에에엑!"

요리사가 입에서 피를 뿜어내는 상태에서도 모든 이들은 움직이지 않았다. 피가 쏟아지는 소리만 그들의 귓가에 들린다.

끼디디딕!

손톱이 땅을 긁는 끔찍한 소리도 들렸다.

곧 쥬이스 신이 말했다.

[아이야, 고개를 들어라.]

발렌의 고개가 천천히 들렸다. 그곳에 아름다운 여신 쥬이스가 있었다. 치료와 축복의 신 쥬이스.

하지만 발렌은 그녀의 시선을 따라 고개를 돌렸다. 그곳에 쓰러진 요리사가 있었다. 아니, 요리사가 아니었다. 그는 검은 복면을 착용하고 있었고 도적이 분명했다.

[네가 이런 일을 꾸미진 않았을 것을 안다. 하나, 죗값은 받아야겠지.]

"쿨럭!"

"크흡!"

이번엔 요리사들의 몸이 검게 변하기 시작했다. 그들은 피부로 파고드는 이질감을 느꼈다. 그중엔 전설의 요리사 랄드도 포함되어 있었다.

[땅이 갈라질 것이다, 흉포한 몬스터들의 울음소리가 끊이질 않을 것이다. 비명의 절규가 이 땅을 삼킬 것이다.]

"……!"

발렌은 그 말의 의미를 알았다. 엄청난 재앙이 올 것이다.

곧이어 쥬이스가 천천히 몸을 돌렸다. 이어 그녀의 몸이 빛으로 화하며 사라졌다.

"허억허억."

그제야 숨을 뱉어낸 발렌은 부들부들 몸을 떨었다.

"아, 안 돼……!"

이럴 순 없다. 그의 표정이 분노로 가득 차 검은 복면을 쓴
자에게로 돌아갔다.

'누군가 위장해서…….'

침입했다. 일부러 이 일을 꾸몄다, 도대체 누구인가?

그리고 요리사 랄드.

"쿨럭!"

그는 피를 토해냈다.

북부 대륙 토벌대.

호스민은 레벨 250대의 유저였다. 그는 친구들과 함께 이번
북부 대륙 토벌에 참여했다. 막대한 골드와 경험치 보상, 심지
어 새로 보게 될 몬스터들을 생각하니 벌써 기대가 되었다.

어느덧, 몬스터들을 토벌하기 위해 나아가던 500명 규모의
토벌대가 멈추어 섰다.

"정지! 정지!"

앞쪽에 득실거리는 몬스터들이 보였다.

"캬, 어떤 아티팩트를 줄까?"

"제발 좋은 거 드랍되게 해주세요!"

유저들의 기대감은 극에 달했다. 바로 그때.

[쥬이스 신의 분노]

[모든 몬스터들이 흉포해집니다.]

[몬스터들의 능력치가 따라 20% 상승합니다.]

[쥬이스 신의 재앙 첫 번째. 강력한 태양이 모든 생명체를 지치게 만듭니다.]

"……어?"

"뭐, 뭐야?"

유저들은 당혹할 수밖에 없었다. 갑자기 몬스터들이 흉포해지다니? 이변은 거기서 끝이 아니었다. 그들은 온몸이 뜨거워지는 걸 느꼈다. 마치 사우나에 온 듯 후덥지근하다.

그들은 고개를 들어 하늘을 봤다. 붉은 태양이 강력한 화염을 쏟아낸다. 일반 더위 정도가 아니었다.

"이런 미친……!"

"아…… 엄청 덥잖아?"

그들은 후덥지근한 날씨에 고개를 갸웃했다. 그리고 그 순간, 몬스터들이 그들을 향해 달려들었다.

북부 대륙에 있는 모든 유저들이 불만을 토로하기 시작했다.

[더위사냥: 아, 미친……! 몬스터들 능력 20% 상승해서 겁나 셈, 토벌대 전멸할 뻔했다.]

[k13g: 황제 엘레도 지금 신하 보내서 상황 알아보고 있고 난리 났다는데?]

[gasd36: 이거 아테네에서 유도한 거임? 아니, 뭔 이런 개떡 같은 게 다 있음 진짜 더워서 겜을 못 하겠네. 이럴 바에 북부 안 가지! 20% 더 세졌는데, 경치랑 아이템은 그만큼 주지도 않!]

유저들은 처음 북부 대륙에 관련해 흥미롭다, 재밌겠다, 아테네 이번에 정말 제대로 업뎃 하는구나! 하던 반응이 변하고 있었다.

물론 레전드 길드에 대한 이야기도 있었다.

[gadj254: 레전드 길드 때문 아님? 걔네 왕국 가자마자 쥬이스 신화나심, 걔네가 뭐 잘못했나?]

[캘론: ㄴㄴㄴ 그건 아닌듯합니다. 레전드 길드 매너 좋기로 소문났습니다. 레전드 길드는 관계없는 것 같아요.]

[gadd31: 하긴, 이 정도 재앙이면 그냥 아테네에서 기획한 거 아냐? 무슨 이딴 기획을 하냐?]

다행스럽게도 레전드 길드는 그 화살을 피해 가는 듯했다.

그리고 그때 또 다른 소문이 퍼졌다.

[아이리스짱!: 님들, 소식 들음? 아이리스 길드에서 저 재앙 없앨 공략법 계속 조사 중이었대요. 그리고 얼마 전에 알아냈대요! 저 재앙 없애려고 엄청난 랭커들 모아서 던전 들어가서 쥬이스 신 잡는다네요! 지금 던전 공략 라이브에서 예고편 나오는 중!]
[FAD: 오, 레알? 개꿀잼 각! 신을 레이드한다? 캬! 아이리스 길드, 길마님 젠틀맨으로 유명하더니, 유저들 위해 손수 희생해 주시고!]

사람들은 환호했다. 저 뜨거운 태양과 몬스터의 흉포함만 사라진다면 다시 북부 대륙을 쾌적하게 즐길 수 있으리라!
또한, 모든 유저들을 위해 뛰어든 아이리스는 열렬한 환호를 받았고, 유저들은 던전 공략 라이브의 방송일만 기다렸다.
그들은 이 일의 원흉을 알지 못하고 있었다.

발렌은 신전 안에서 나오는 사제장 이드니를 볼 수 있었다.
이드니는 노한 쥬이스 신에게 며칠 동안 물 한 모금, 잠 한 숨 자지 않고 기도를 드렸다.
현재 상황은 심각했다. 뜨거운 태양은 무럭무럭 자라난 곡식들을 단숨에 말라비틀어지게 했다. 거기에 더해 흉포한 몬스터들이 발키리 왕국 내를 공격하기 시작했다.

물론 아직까진 버틸 만하다. 피해도 크지 않다. 하지만 갈수록 재앙은 더 강하게 다가올 것이다.

"신께서 응답하셨나?"

"네."

사제장은 이마에서 흐르는 땀을 닦아냈다. 발렌 왕 또한 최대한 가벼운 옷차림이었다.

"다행스럽게도 노여움을 어느 정도 푸셨습니다."

발렌은 안도의 한숨을 쉬었다. 하지만 곧 사제장이 말했다.

"한데, 쥬이스 신께서 말씀하시길 더 맛있는 요리를 준비하라 하셨습니다."

"……!"

그 말에 발렌은 놀랐다. 왕궁 요리사들이 모두 쓰러져 사제들의 치료를 받고 있지만, 지금도 호전은커녕 악화되고 있다. 피부가 조금씩 썩어가고 있는데, 이 상태로 요리를 할 수는 없지 않은가?

곧 더 충격적인 말이 이어졌다.

"전설 등급의 요리 정도는 먹어줘야겠답니다."

"그, 그런……!"

발렌은 생각했다.

이것은 노여움을 푸는 척한 것처럼 보이지만 쥬이스 신의 짓궂음을 보여주는 것이라고.

전설이라니? 전설의 요리를 먹고 싶다니? 물론 과거에 전설의 요리들이 등장하긴 했다. 하지만 지금 그 요리를 만들 만한 유일한 사람인 랄드가 저 모양 저 꼴이었다.

"다른 방법으로는 '분노한 쥬이스의 영혼'……."

"닥쳐라!"

"……죄송합니다, 전하!"

사제장이 고개를 땅에 박았다. 그가 한 말은 해서는 안 될 말이었다.

발키리 왕국엔 내려오는 이야기가 있다. 쥬이스 신이 분노하였을 때에 그녀의 분노한 쥬이스의 영혼을 죽인 후에 잘 달래준다면 다시 평화가 찾아온다고.

하지만 이는 불경스러운 일이었다. 어찌, 쥬이스 신의 몸에 손을 댄단 말인가! 또한, 그 던전의 위치 또한 정확하지 않았다.

그러다 발렌은 생각했다.

'그곳엔 쥬이스 신의 보물…… 바라드의 잔 또한 있다고 했지.'

바라드의 잔. 신이 가진 보물! 바라드의 잔은 단 한 사람에게 축복을 내리는 엄청난 힘을 가진 물건이다.

하지만 그는 고개를 저었다. 그런 생각 자체를 해선 안 된다. 어떻게 방법이 없을까?

"이필립스 제국에 도움을 요청하여 뛰어난 요리사를……."

제사장이 말하던 때. 발렌의 눈이 크게 떠졌다.

"이, 있다……!"

"예?"

제사장이 고개를 갸웃했다. 무엇이 있다는 말인가.

"라, 랄드를 대체할 전설 등급 요리를 만들 유일한 요리사가 바로 이곳에 있단 말이다!"

"……?"

제사장은 깜짝 놀랐다. 그런 자가 있다? 전설 속에나 내려오는 '전설 등급'요리를 만들어낼 수 있는 자가 말인가? 아니, 본래 랄드를 제외하고는 없지 않던가?

그리고 이어 발렌이 말했다.

"민혁……."

발렌은 주먹을 꽉 쥐었다. 그는 직접 먹어봤다. 그 황홀한 요리를. 노한 쥬이스 신을 달랠 방법은 그가 쥐고 있다. 즉, 발키리 왕국의 운명은 그 손에 달린 것일지도 모른다.

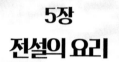

5장
전설의 요리

지니가 다소 아쉽다는 표정을 짓고 있었다. 그것은 칸도 마찬가지였다.

"바로 내일이면 던전이 닫히네."

"그러게…… 후, 오랫동안 공들였는데."

아쉽게도 내일이면 던전이 닫힌다. 생각보다 요리를 먹는 데 오랜 시간이 소요되었다. 그 이유는 민혁이 제시한 재료를 충분히 충족하기 위함이다.

그에는 지니와 칸도 동의했다. 이왕 먹을 거 가장 좋은 재료의 요리를 먹는다면 단기간으로나마 길드의 전력이 더 강화되는 셈일 테니까. 하지만 재료를 구하는 게 문제였다. 경매장을 이 잡듯 뒤지고 재료를 얻기 위해 사냥터도 가고, 적지 않은 시간이 소요되었기 때문이다.

"그래도 오늘은 먹을 수 있다니까, 다행이네."

그래도 고군분투 끝에 로크는 재료 하나를 제외하고 모두를 구해냈다. 하지만 한 명의 버프 상승으로 그 던전을 수월하게 깰 수 있을지는 의문이었다.

물론 민혁의 버프 요리는 뛰어났지만, 민혁 스스로도 카레라이스의 버프가 꽤 잘 나왔다고 말하지 않았던가.

"그보다 더워 죽겠다."

"나도……."

강렬한 태양! 발키리 왕국은 지금 비상사태에 빠졌다.

지니의 치아가 뿌드득 갈렸다.

"아이리스 놈들……!"

레전드 길드는 눈치채고 있었다.

사람들의 말에 따르면 도적 유저가 쥬이스 신에 의해 피를 토하고 쓰러져 강제 로그아웃 당했다고 한다. 그와 비슷한 시기에 갑자기 아이리스 길드에서 던전을 공략해, 이 재앙을 잠재우려고 한다고 한다.

이는 말 그대로 쇼다. 엄청난 쇼!

아이리스 길드에서 얼마 전에 발표를 했다. 자신들이 발견한 던전을 클리어하는 등급 퀘스트가 'SS'등급 퀘스트라고.

국내에서 발견된 최초의 SS급 퀘스트다. 당연히 사람들은 열광하고 호응할 수밖에 없을 것이다. 특히나, 최초의 SS급 공략 퀘스트를 던전 공략 라이브라는 게임 프로그램에서 생중계

방송한다? 잭팟이 터지겠지. 그리고 성공한다면 거의 영웅 대접을 받게 될 것이다.

"우리한테 몰아가려고 했던 게 분명해."

다행스럽게도 발렌 왕과 발키리 왕국 국민은 레전드 길드 때문이 아니라고 확신하고 있었다. 발렌 왕을 구한 그들은 '영웅' 이미지가 확실하게 박힌 것이다.

그러던 중, 어느덧 두 사람은 민혁과 로크가 있다는 곳 앞에 도착했다. 한데, 로크가 부들부들 몸을 떠는 게 보였다. 그러다 이어 로크가 민혁에게 다가가 그를 꽉 껴안았다.

"사랑한다, 민혁아! 사랑해!"

그러면서 뽀뽀를 해댄다. 그리고 민혁은.

"으아아아아악! 하지 마, 하지 마! 으아아아!"

진심으로 질색하고 있었다.

로크는 쉬지 않고 재료를 구하러 다녔다. 하지만 마지막 재료인 '용왕의 미나리'는 차마 구할 수가 없었다.

용왕의 미나리는 용왕의 바다라는 곳에 있는 게 분명했다. 그러나, 아직 유저 중엔 용왕의 바다에 가본 이가 없었다. 그 때문에 용왕의 미나리를 구하기 위해선 오랜 시간이 소요될 수밖에 없을 것이다.

로크는 민혁에게 재료를 건넸다.

"잘 부탁해, 민혁아."

"맛있는 아귀찜! 아귀아귀!"

"잘 부탁한다니까? 나도 네 대단한 버프발 좀 받아보자, 크로우가 지금 엄청 광렙하고 있어서 배 아파 죽겠다니까."

"그치, 콩이야? 진짜 맛있겠지?"

"꾸울? 꿀!"

그에 민혁의 어깨 위에 올라가 있는 아기 돼지 콩이가 맹렬하게 고개를 끄덕였다.

'내 버프보단 자기 먹을 생각에 좋아하고 있군.'

로크는 입이 삐죽 나왔다. 평소보다 더 못생겨 보였다.

민혁은 아귀찜 재료를 보며 흐뭇하게 웃었다.

자신이 처음 뛰어난 버프 요리를 만들어내자 길드원들이 가져오는 재료의 질이 좋아졌다. 재료의 질이 좋아졌다는 의미는 곧 맛이 좋아졌다는 의미가 된다. 즉, 민혁은 가만히 앉아서 요리만 해주면서 더 맛있는 걸 먹을 수 있는 셈!

그리고 요리를 해주면서 만족도도 오르지 않던가? 크로우가 먹었을 때, 확실히 그가 고렙이었기 때문인지 약 2% 정도의 만족도가 올랐다. 발렌 왕에 비하면 훨씬 적은 수준이었지 일반 유저와 비교하면 높은 것으로 추정되었다.

요리를 시작한 민혁은 아귀찜을 만들면서 생각했다.

'난 평소에 아귀찜을 먹을 때마다 아쉬운 게 있었지.'

바로 콩나물.

아귀찜의 콩나물, 물론 좋다. 하지만 아귀찜을 먹는 사람이라면 모두 공감하겠지만, 콩나물을 사 먹은 건지 아귀찜을 먹는 건지 모르겠다는 거다.

민혁은 히히 웃으며 콩이에게 말했다.

"콩아, 난 이 아귀찜에 콩나물을 조금 줄이고 미나리와 아귀는 더 많이 넣을 거야."

"꿀!"

그것은 마치 '먹을 줄 아네! 꿀!' 같았다. 그리고 설레는 것인지 씰룩씰룩 엉덩이춤을 춘다.

레시피 창조대로 한다면 물론 좋은 효과가 나온다. 하지만 독창적으로 해본다면 다른 더 좋은 결과를 얻을 수 있을지도 모른다.

민혁은 요리를 시작했다. 아귀찜의 콩나물 양을 줄이고 아귀를 꽤 큼직큼직하게 넣었다. 그리고 깨물면 머금고 있던 양념이 흘러나오는 오도독한 미더덕도 더 많이 넣었다.

그렇게 민혁의 아귀찜이 완성되었다. 양념을 머금어 붉은 콩나물이 가득 쌓여 있었지만, 그 밑으로는 평소 가게에서 먹는 양의 아귀의 1.5배 정도가 있었다.

그리고 완성과 함께 알림이 들렸다.

[아귀찜을 완성하셨습니다.]

[로크만이 버프 효과를 볼 수 있는 요리입니다.]

[레시피 창조 스킬 요리는 한 사람당 한 달에 하나씩의 요리만 맛볼 수 있습니다.]

[무아지경. 당신의 '독창성'이 들어간 요리입니다.]

[무아지경에 따라 버프 효과가 더 좋아집니다.]

[에픽 등급입니다.]

[손재주 4를 획득합니다.]

[명성 10을 획득합니다.]

[업적 포인트 1,000을 획득합니다.]

재료 등급에 따라 처음 기대 요리 등급은 유니크에서 전설 사이가 나왔었다. 거기에서 재료 하나가 빠져서 기대 요리 등급은 에픽까지가 한계로 변했었다.

한데, 지금 기대 요리 등급에서 가장 강력한 힘을 발휘할 에 픽 등급 요리가 나타났다. 그리고 에픽 등급 요리를 만든 것에 따른 보너스들이 더 많았다. 유니크 때보다 손재주 2, 명성 6, 업 적 포인트도 600이 추가되었다.

"크…… 에픽이니 더 맛있겠지?"

민혁은 기대감 어린 표정을 지었다.

"와, 완성됐어? 확인해 봐도 돼?"

민혁이 고개를 끄덕였다.

로크는 곧바로 아귀찜을 확인했다.

(아귀찜)

재료 등급: S

등급: 에픽 / 제한: 로크만 버프 효과를 볼 수 있음

보관일: 20일 / 유지 시간: 22일

특수 능력:

- 미친 광전사의 힐+3
- 크레이지 프리스트의 스킬을 일반 힐러의 스킬로도 사용할 수 있다.

설명: 오로지 로크만을 위해 만든 요리이다. 요리사는 평소 아쉬웠던 아귀찜을 자신만의 방식으로 보완하였다. 많은 양의 아귀를 즐길 수 있어 더 좋을 것이다.

"······컥?"

로크는 경악했다.

그는 살면서 운이 지지리도 없었다. 실력 좋은 랭커이면 뭐 하는가? 그는 사람들이 로크 정도에 레벨이면 몇 번 줍는다는 유니크 아티팩트도 주워보질 못했고, 심지어 저번에 황금 보물 상자를 뽑았을 때는 400골드 정도를 뽑는 충격적인 결과를 만들어냈다. 그만큼 로크는 운이 없는 '불운의 사나이'였다.

그래서 사실 높은 등급의 재료를 구해오면서 불안했다.

'내 불운 패시브 스킬에 의해 노멀 등급이 나오면 어떡하지?'

이런 생각이 머릿속을 점령했다. 사실 요리란 것도 무조건 높은 등급이 나오는 것은 말이 안 되는 일이었으니까.

하지만 지금, 에픽 등급 요리가 자신의 앞에 놓여 있다. 자신의 길드원들조차 먹어보지 못한 등급!

특히나 특수 능력, 크레이지 프리스트의 스킬을 일반 힐러의 스킬로 적용시켜 사용이 가능하다니?

그의 크레이지 프리스트의 능력은 사실상 일반 힐러의 능력이 개조된 것이다. 미친 광전사의 힐의 경우 본래 상대방을 치료하는 효과지만 타격할 때마다 출혈을 높아지게 만든다.

또한, 사제의 능력 중 가장 사랑받는 버프 능력, 그 버프 능력을 반대로 크레이지 프리스트는 디버프로 사용하고 있었다. 한데, 지금 이 아귀찜을 먹으면 크레이지 프리스트의 능력을 유지하면서 일반 사제의 능력도 같이 사용할 수 있다.

그는 지금 힐러지만, 딜러로 활약하고 있다. 그런 그가 이제 딜러로도, 힐러로도 활약할 수 있게 된 것. 이는 엄청난 혁신이었다. 심지어 미친 광전사의 힐은 MAX를 찍었다.

그는 미친 광전사의 힐을 확인해 봤다.

"와, 지, 지렸다……!"

MAX란 무엇인가. 그 끝을 봤다는 거다. 하지만 이 요리는 그 MAX의 한계를 넘어서게 해준다. 3레벨이 더 높아진 미친 광전사의 힐.

본래 이 미친 광전사의 힐은 상처 부위에 사용 시 출혈량이

35% 발생하며 상대방의 피부 또한 썩게 만든다. 지속적으로 상대방의 출혈을 발생시키고 그 상처의 악화를 가속화하는 것, 그런데 3레벨 높아지자 출혈량이 50%가 되었다.

심지어 더 놀라운 것은 바로 이 부분이다.

'20% 확률로 미친 광전사의 힐을 상처 부위에 사용하면 각종 상태 이상에 빠진다. 스턴, 혹은 눈이 보이지 않는 블라인드, 모든 능력치 감소 등!'

정말 말도 안 될 정도의 능력에 로크는 부들부들 전율했다.

그는 근래 들어 다른 길드원들보다 뒤처지고 있었다. 힐러인데, 딜러의 역할을 해서다. 아무리 그가 전설 클래스라고 할지라도 결국 힐러가 딜러 역할을 하는 데 한계가 오는 것이었다. 하지만 이제 그 한계를 넘을 수 있다.

그가 민혁을 향해 다가갔다.

"사랑한다, 민혁아! 사랑해!"

그러면서 뽀뽀를 해댄다.

민혁은 갑자기 안긴 로크로 인해 당혹했다. 그리고 그가 입술을 쭉 내미는데, 순간 심장이 멎을 뻔했다.

가까이서 보니까 더 못생긴 로크가 입술을 쭉 내밀고 볼에 뽀뽀까지 하려고까지 한다.

민혁의 입에서 비명이 터져 나왔다.

"으아아아악! 하지 마, 하지 마! 으아아아!"

"꿀꿀꿀!"

콩이가 민혁을 구출하기 위해 그의 옷깃을 당겨댔다. 순간 주인 민혁의 목숨에 위협을 느낀 것이다!

퍼엇!

결국 민혁이 주먹을 휘두르고 나서야, 로크가 바닥을 구르며 떨어져 나갔다.

"그래도 좋다, 흐하하하하!"

로크가 다시 안기려 하자 민혁이 검을 뽑아 들었다.

스르룽-

"……빨리 밥이나 먹어!"

"꼭, 그, 그렇게까지…….'"

그러다 로크의 시선이 민혁의 어깨 위로 쪼르르 올라간 아기 돼지 콩이에게 향했다. 양 팔짱을 낀 채 로크를 바라보는 콩이! 콩이의 표정은 잠시 넋이 나간 표정이었다.

'진짜 이렇게 생긴 동물은 처음 본다…… 꿀!'

순간 로크는 슬퍼졌다. 하지만 뛰어난 버프 요리에 위안을 삼기로 했다.

때마침, 지니와 칸이 도착했다.

"무슨 일이야?"

"로크가 내 볼을 썩게 하려고 했어!"

"……응? 미친 광전사의 힐을 썼어?"

"아니, 뽀뽀하려고 했어!"

"……."

"……"

칸과 지니. 두 사람이 말문을 잃고 로크를 바라봤다.

"왜 얘를 괴롭히고 그러냐……"

"많이 무서웠지? 이제 괜찮아."

"아, 아니, 난 너무 기뻐서……!"

하지만 칸과 로크는 민혁에게 다가가 그의 볼을 살폈다. 그리고 말했다.

"다행히 볼은 안 썩었다."

"휴!"

진심으로 안도의 한숨을 뱉는 민혁. 콩이가 괜찮냐는 듯 민혁의 볼을 쓰다듬었다. 그리곤 로크를 노려봤다.

'나, 나만 미워해……!'

로크는 그러면서도 '헹! 하는 소리를 냈다.

"이 요리를 먹으면 너희들한테 힐 안 해줄 거다."

"거절한다."

"필요 없어."

그들도 로크의 힐이 끔찍하단 걸 알고 있다.

하지만 곧 로크가 말했다.

"진짜? 나, 이거 먹으면 상처 회복 힐 쓸 수 있는데?"

"그게 무슨 소리야?"

"네가 잘생겨진다는 소리만큼 이상한 소리 아니냐?"

"확……! 확인해 보고 말해, 자식들아."

곧 지니와 로크가 아귀찜을 확인했다.

두 사람의 시선이 허공에서 마주쳤다.

지니는 말문을 잃은 듯 말하기 위해 입을 열었다가, 다시 닫았다. 그리고 다시 입을 뗐다.

"……진짜 민혁이 요리는 볼 때마다 놀랍다."

진심에서 우러나오는 감탄사였다.

그리고 민혁은 스킬 '함께 먹는 즐거움'이 발동되어 아귀찜 한 접시가 생겨난 걸 볼 수 있었다.

민혁이 서둘러 자리에 앉았다. 그리고 젓가락을 푹 찔러 넣었다.

아귀찜에 콩나물이 수북하게 쌓여 있을 때, 내심 아귀보다 너무 많아 아쉬운 거지, 콩나물은 아귀찜에 꼭 필요한 녀석이다. 민혁은 콩나물을 들어 올렸다. 붉은빛을 띠는 콩나물은 양념이 가득 배어든 듯했다.

입으로 가져다 씹어보자 아삭아삭- 하고 기분 좋은 소리가 들린다. 그리고 입에 사르르 퍼지는 매콤한 맛.

"흐흐……!"

민혁은 이죽 웃으며 이번에는 아귀를 집었다. 살이 오동통하게 잘 오른 아귀는 마치 닭고기를 집은 것 같다. 한 입 베어 물자 양념이 배어든 아귀의 새하얀 속살이 드러났다.

담백하고 매콤하다. 씹는데, 닭고기와 비슷하면서도 더 부드러운 맛이 난다.

"크흐, 진짜 맛있다!"

로크가 민혁의 심정을 대변했다.

옆에선 콩이도 야무지게 아귀찜을 먹고 있었다.

"꿀꿀꿀!"

민혁은 젓가락으로 작은 아귀 고기를 준비하고 그 위로 콩나물과 미나리를 올렸다. 채소와 만난 아귀찜이 입안에 들어갔다.

아삭아삭-

미나리와 콩나물이 먼저 씹힌다. 그리고 입가로 가득 퍼지는 미나리의 상큼한 향. 미나리는 참 신비한 녀석이다. 매운탕, 혹은 이런 해물류의 찜 등에 들어가 주면 맛이 확 변해 버린다.

아삭아삭 미나리와 콩나물이 씹히다가 그 뒤로 이어지는 아귀찜의 맛.

"후아."

즐거운 숨소리를 자신도 모르게 뿜고 흐뭇하게 웃었다.

"콩아, 골고루 먹어야지. 나처럼 이렇게 한번 싸 먹어 봐."

"꿀?"

그리고 옆에 있던 콩이가 고개를 갸웃했다.

콩이는 육식을 좋아한다. 하지만 그의 제안에 앙증맞은 손으로 콩나물과 미나리를 얹고 입으로 가져다 먹어봤다. 그리고 눈이 번뜩 뜨였다.

"꾸우울……."

맛있는 것인지 그렁그렁 눈물이 맺혔다.

"꿀꿀!"

'오늘 식사는 성공이다, 꿀!'

그렇게 민혁과 로크, 콩이의 식사를 칸과 지니가 넋 놓고 바라봤다.

"츄르릅!"

입가에서 흐르는 침을 자신도 모르게 닦아낸 지니가 칸을 돌아봤다.

"이, 이따가 아귀찜 먹으러 갈래?"

"코, 콜······!"

그리고 민혁은 그 양념을 이용해 볶음밥까지 야무지게 해 먹었다.

다 먹은 후에 콩이는 기분이 좋은 것인지 쪼르르 민혁의 어깨 위로 올라왔다. 그리고 머리를 기대고 잠에 빠져들었다.

"와, 머리 대자마자 1초 만에 잠들었어······!"

"부럽다······ 먹고 바로 눕는 게 최곤데!"

민혁은 소환의 방으로 콩이를 돌려보냈다.

그러던 중 로크가 벌떡 몸을 일으켰다.

"빨리 가자!"

"어딜?"

"던전 공략하러!"

그 말에 지니와 칸이 아차 했다.

지금 로크는 일인이역이 가능하다. 딜러로서도 힐러로서도. 민혁의 무지막지한 버프 덕분에 어쩌면 지니와 칸이 버프를 받지 않았어도 던전 공략이 가능할지도 몰랐다.

"민혁아, 나중에 보자!"

"우리 다녀올게!"

"다녀와서 아귀찜 보답해 주마!"

그들이 사라졌다. 그리고 민혁은 식품 보관 인벤토리에서 아이스크림을 꺼냈다.

"헤헤헤……!"

매운 것을 먹어준 후엔? 아이스크림이 최고다. 아이스크림은 멜론 맛이 나는 메루나!

그때였다. 민혁을 향해 왕궁 기사단과 그들의 앞에 선 사제장이 다가왔다.

와구와구!

민혁은 메루나를 맛있게 취하며 고개를 갸웃했다.

"죄송한데, 저희와 함께 가주셔야 할 것 같습니다."

사제장 이드니는 이해할 수 없는 노릇이었다. 그의 뒤로는 민혁이 메루나를 먹고 있었다.

그리고 기사단 이들이 숙덕거린다.

"버, 벌써 100개째야……!"

"……!"

"그러다 감기 걸리십니다……!"

한 기사단원의 말에 민혁이 고개를 갸웃했다.

"에이, 제가 며칠 전에 해봤는데, 300개까지는 괜찮더라고요."

"컥?"

"헐!"

이드니는 이마에 손을 짚을 수밖에 없었다.

사실상 사제장인 이드니는 왕궁 기사단장과 동급의 작위를
가진 자다. 또한, 그는 막대한 신앙심을 가진 자이기도 했다.
그는 도무지 이해할 수가 없었다.

'저자가 랄드를 대신해 쥬이스 신께 음식을 만들어줄 자라고?'

말도 안 된다. 발렌 전하께서 어찌 그를 믿는지는 알 수 없
는 일이다.

하지만 그는 생각했다. 분명히 무언가 잘못되어가고 있다.

그러던 중.

툭!

"으, 으아아악. 내, 내 메루나……!"

민혁이 실수로 메루나를 떨어뜨렸다. 그리고 자신을 자책하
기 시작했다.

"이런 바보, 멍충이, 해삼, 멍게, 말미잘! 어떻게 음식을 떨어
뜨려……!"

바닥에 주저앉은 그가 눈물을 쏟았다. 그러면서 부들부들 떠는 손으로 메루나에 손을 뻗는다.

"흐, 흙만 털면 먹을 수 있지 않을까?"

그런 말을 하면서도 아쉬운 듯 몸을 일으키는 민혁이란 이방인! 그는 눈물과 콧물 범벅이 된 모습이었다.

'아휴…….'

그에 이드니의 입에서 절로 한숨을 터져 나왔다. 저자에게 왕국의 미래가 걸려 있다니?

곧 이드니는 민혁을 발렌이 있는 신전 대기실로 데리고 갔다. 그가 문을 열어주자 안에 발렌이 초조하게 기다리고 있었다.

"들어오지."

민혁이 대기실에 들어간 후 문이 닫혔다.

그가 들어가고 이드니는 고개를 저었다.

"어찌 저런 천박한 자를 통해 쥬이스 신께 요리를 올릴 생각을 한단 말인가! 또한, 아이스크림 하나 떨어졌다고 우는 저런 자한테 왕국의 미래를 걸다니."

"……천박하다 하여도 요리 실력은 모르지 않지 않습니까. 또한, 전하께서 직접 보셨다고 하지 않습니까."

"페를 경."

왕국 기사단의 단장 페를. 그는 루마드와 겨룰 수 있을 강자였다. 그런 페를이 발렌이 이필립스 제국으로 갈 때 동행하지 않은 이유는 제사상에 올라갈 요리 재료를 구하기 위해서였다.

이드니의 부름에 페를은 고개를 갸웃했다.

"지금 자네는 전하의 선택을 믿는 것 같지만 난 신중해야 한다고 생각하네."

이드니는 안쪽을 보며 말을 이었다.

"쥬이스 신께선 독에 음식이 들어갔다고 노했네, 한데, 저자의 말도 안 되는 음식을 올린다고?"

"……으음, 듣고 보니 그렇군요."

만약 또다시 쥬이스 신이 노한다면? 그땐 정말 발키리 왕국의 미래는 없을지 모른다.

"하지만 모르지 않습니까. 저 이방인이 정말 랄드만큼의 실력을 갖춘 자일지."

"하……!"

이드니는 쯧 하고 혀를 찼다.

검만 다룰 줄 아는 페를은 몰랐다. 랄드는 말 그대로 전설과 같은 요리사다. 장인급에 오른 그는 어쩌면 그 이상일지도 모르는 인물! 그런데 어찌 감히 저자와 비교한단 말인가?

"내 하나 약속하지, 우리는 모든 재료를 낭비하게 될 걸세. 그 많은 재료 중에서 저자의 요리는 레어 요리도 보기 힘들 걸세! 만약 레어 요리가 뜬다?"

그에 이드니가 말했다.

"내 팬티까지 벗고 저자 앞에서 춤을 추지!"

"……말은 함부로 하는 게 아닙니다."

페를은 작은 한숨을 쉬었다.

그 또한 못 미더운 게 사실이다. 또한, 발렌 전하께선 외부에 돌 때도 며칠을 굶으셨다 했다. 정확히 발렌은 아직 그들에게 민혁의 요리가 어떤 힘을 보였는지 말하지 않았던 것.

'그런 배고픔에서 먹는 요리라면, 최고의 요리로 느껴질 만하지.'

그도 걱정이 되긴 했다.

그때였다.

"자네 둘. 들어오시게."

"예? 예, 전하."

발렌이 문을 빼꼼 열었다가 말했다.

발렌은 민혁을 보며 부드럽게 웃었다.

"맛있나?"

"넵, 너무너무 맛있습니다."

그는 인자하게 웃으며 고개를 끄덕였다.

처음 참으로 못 미더웠던 사람이다. 하지만 위기에서 구해주고, 맛있는 요리를 먹여줬다.

그들에게 꼭 최고의 보답을 해주겠노라 약속했다. 하지만 제사가 곧바로 이어졌고, 또다시 쥬이스 신에 의해 미뤄졌다.

"미안하네."

"……?"

민혁은 고개를 갸웃했다.

"자네한테 맛있는 초밥을 먹여주기로 했는데, 랄드가 지금 사경을 헤매는군."

그 말에 민혁은 고개를 끄덕였다. 그도 이야기는 들었기에 안다.

"그리고 또 한 번 부탁하고 싶은 게 있네."

발렌은 자초지종을 설명했다.

그리고 그 말을 들은 민혁.

"전설 요리요?"

"그래, 대신에 그만큼의 보상을 해주지, 또한 쥬이스 신의 재앙이 걷어진다면 요리사 랄드 또한 회복할 수 있을 터! 자네에게 맛있는 요리를 먹여줄 수 있겠지."

민혁은 그 말에 곰곰이 생각해 봤다. 전설 요리! 심지어 왕궁에서 모든 재료를 지원해 주겠다고 한다.

중요한 건 바로 이 맥락이다.

'전설 요리를 만들 수 있는 재료를 계속 공급해 준다는 거잖아?'

제사상에 올릴 수 있는 건 딱 한 번뿐이다. 그 과정에서 민혁은 숱하게 엎는 과정을 반복한다. 그 의미는?

'전설 안 나온 건 내가 먹어도 되는 거네?'

물론 레시피 창조 스킬은 한 사람만을 위한 요리. 하지만 먹을 수 없는 건 아니다. 단지, 다른 이가 먹으면 버프 효과를 못 볼 뿐!

"그러기 전에 신하들에게 자네의 힘을 보여줄 필요가 있을 것 같네?"

"제 요리를요?"

"난 자네를 랄드를 넘는 요리사라고 말했거든, 하지만 신하들은 못 미더워하겠지. 자네가 요리 한번 해줍세."

"뭐, 어려운 일은 아닙니다. 그리고 조건이 있어요."

"조건?"

"넵!"

민혁은 무조건 해달라고 그냥 해주는 사람이 아니다.

아직 퀘스트 창은 뜨지 않았다. 그러니 보상 목록에 추가할 수 있다.

"제가 성공한다면 더 특별한 초밥을 먹게 해주세요."

"그러지, 내 우리 왕궁 기사단을 시켜 S급 재료들만을 엄선하여 초밥 재료를 구해오라고 지시하겠네."

"S급 재료들로요? 크!"

일명 A코스에서 더 비싼 C코스 정도로 업그레이드되는 셈! 사실 민혁에겐 그 정도면 충분했다.

그리고 이어 발렌이 문을 열고 나갔다.

"자네 둘. 들어오시게."

"예? 예, 전하."

이드니와 페를이 들어왔다.

이드니는 의아한 표정을 지었다.

"사제장님을 위한 요리를 만들게요."

그리고 민혁은 레시피 창조 스킬을 이용해 그를 위한 요리를 확인했다.

"이 친구가 자네에게 요리해 줄걸세, 영광으로 알게."

"예, 전하."

그 말에 이드니는 속으로 어이가 없었다.

'이자의 요리에 내 입맛을 버리지는 않을까 걱정이군.'

"있는 재료로 할까요?"

"그러지."

그 말에 이드니는 생각했다.

'설마 특별한 재료도 없이? 그냥 재료로?'

그리고 민혁이 만들어 나가는 요리. 바로 토스트였다.

사제장인 이드니는 매우 바쁜 인물이었다. 그 때문에 자주자주 토스트로 끼니를 때우곤 하는데, 이젠 아주 사랑하는 음식이 되어버렸다.

민혁은 버터를 프라이팬에 두르고 빵을 올렸다. 그리고 계란을 풀고, 햄을 구웠으며, 양배추를 탁탁탁 썰어냈다.

'요리하는 폼은 제법.'

하지만 등급 있는 요리라는 게 그처럼 쉬운 건 아니었다.

곧이어 김이 모락모락 피어오르는 토스트가 완성되었다.

먼저 발렌 왕이 직접 확인해 보곤 민혁을 보았다.

'역시…… 내 생각이 틀리지 않았다.'

그는 감탄했다.

그리고 이어 이드니가 토스트를 확인해 봤다.

〈토스트〉

재료 등급: D

등급: 레어 / 제한: 이드니만 버프 효과를 볼 수 있음

보관일: 7일 / 유지 시간: 6일

특수 능력:

- 신성력 7%
- 모든 스텟 4%

설명: 이드니만을 위해 만들어낸 토스트이다. 간단한 재료로 만들었지만 이를 만든 요리사는 결코 가벼운 요리사가 아니다.

'컥?'

이드니는 경악했다. 저 재료로 지금 레어를 한 번에 만들었다는 건가? 믿기 힘든 노릇이었다.

그리고 슬쩍 발렌이 토스트에 손을 뻗었다.

"이드니, 이건 내가 먹어도 되겠는가?"

"아, 무, 물론입니다."

이드니는 격렬하게 먹어보고 싶었다. 하지만 그렇다고 전하의

머리를 때리고 뺏을 순 없지 않겠는가?

곧 민혁도 함께 먹는 즐거움을 발동시켜 맛있게 먹었다. 물론 버프 효과는 없었다.

"후, 자네의 요리 정말 맛있네."

"헤헤, 토스트 맛있쪙!"

아삭아삭 씹히는 양배추와 계란, 치즈, 달콤한 사과 소스까지. 마치 아삭 토스트의 맛과 같았다.

발렌이 잠시 화장실을 다녀온다고 나간 사이. 이드니는 눈물을 삼키고 있었다.

'나, 나도 먹고 싶었는데……!'

그때 페를이 다가왔다.

"약속한 게 있지 않소?"

"……!"

이드니는 큼큼 헛기침을 했다.

"아, 아니, 그건 그냥 농담으로."

"그건 농담이 아니오."

페를은 '약속'이란 것에 민감한 자였다.

"지키지 않으면 전하께 말하겠소."

"그, 그런……!"

전하가 선택한 이방인을 두고 그런 약속을 했다. 알면 크게 화가 나실 것이다. 하지만 곧 이드니는 꾀를 냈다.

"이, 이분이 원치 않으면 안 하는 게 낫지 않소?"

"흠, 그건 그렇군."

곧 이드니가 민혁에게 설명했다.

"……그에 저는 당신을 못 미더워했습니다. 하지만 이젠 당신을 믿습니다. 당신은 정말 대단한 요리사입니다. 제가 팬티도 벗고 발가벗…… 크흠, 춤추는 것보다 제가 당신께 축복을 걸어드리죠. 어떻습니까?"

약속의 이야기를 들은 민혁은 경악했다.

이드니는 노인이다. 새하얀 사제복을 쓴 그가 팬티까지 전부 벗고 자신 앞에서 춤을 춘다.

"컥……! 사, 상상해 버렸어……! 절대 하지 마요! 죽어도 하지 마요, 제발 하지 마요. 그렇게 다 벗고 춤추면 털이…… 우욱!"

상상한 민혁은 자신도 모르게 입을 막았다.

그리고 이드니는 기뻐했다.

"고맙습니다, 정말 감사합니다. 하하하하하! 요리도 뛰어난데, 당신은 마음도 곱군요. 대신 제가 축복을 걸어드리겠습니다!"

그는 안도했다. 그러다 문득 생각했다.

'어라? 근데 왜 기분이 나쁘지……?'

민혁은 다시 한번 말했다.

"하면 가만 안 둬!!"

이 상황을 벗어났지만 희한하게 기분이 나빴다.

지니와 로크, 칸은 던전에 입장했다. 이제까지 여섯 번도 더 넘게 실패했던 던전! 그 던전 공략의 마지막 도전이 될 것이었다.

그들이 입장하고 얼마 지나지 않아 거대한 크기의 저주받은 드래곤이 모습을 드러냈다.

저주받은 드래곤! 레벨 450의 이 녀석은 온몸이 썩어 있었다. 하지만 그렇다고 약한 것은 아니었다.

녀석은 말 그대로 드래곤을 표방한 몬스터. 엄청나게 두꺼운 피부 때문에 검이 잘 박히지 않는 경우가 허다했다. 심지어 놈이 뿜어내는 강력한 브레스는 단숨에 '상태 이상'을 걸면서도 엄청난 대미지를 선사한다.

푸화아아아앗!

놈의 입에서 구역질 나는 초록빛의 브레스가 뿜어졌다.

지니와 칸, 로크가 빠르게 움직였다.

촤아아앗!

지니의 채찍이 강력하게 휘둘러진다.

[공격에 실패합니다.]

하지만 역시나. 놈의 갑각은 만만치 않았다.

권왕 칸의 주먹에 강력한 힘이 깃들었다.

[난타]
[추가 공격력 40%를 내는 무차별적인 주먹]

퍼퍼퍼퍼퍼퍼퍼펏!

[공격에 실패합니다.]
[공격에 실패합니다.]

"키에에에에!"
공격 실패.
모든 공격이 실패한 건 아니었다. 세 번의 공격을 허용한 저주받은 드래곤이 휘청였다. 하지만 여전히 견고해 보였다.
그 순간, 로크가 달려들었다.
"크하하하하! 뒈져라, 뒈져!"
로크의 도끼가 사정없이 저주받은 드래곤을 공격했다.

[공격에 실패합니다.]
[공격에 실패합니다.]

푸지이익!
그리고 도끼가 박힌 순간. 그 틈을 노리고 로크가 곧바로 미친 광전사의 힐을 사용했다.

[미친 광전사의 힐]
[지속적인 출혈이 발생합니다. 또한, 20% 확률에 따라 각종 상태 이상에 걸립니다.]

푸쉬이이익!

"키에에?"

저주받은 드래곤은 자신의 몸이 이상하다는 걸 깨달았다. 조금 전, 도끼에 직격당한 부위에서 썩은 피가 쉴 새 없이 쏟아져 나왔다. 그뿐만이 아니었다. 그 부위가 더욱더 빠른 속도로 썩어 들어갔다.

[저주받은 드래곤이 상태 이상 '능력 제한'에 빠집니다.]
[일시적으로 브레스를 사용할 수 없습니다.]

"……!"

로크는 알림을 듣고 경악했다.

"사, 상태 이상 때문에 당분간 브레스 못 쓴다는데?"

"헉……!"

"……!"

칸과 지니는 눈을 크게 떴다. 계속 보고 있던 그들로서도 다소 믿기 어려웠다.

본래 로크의 출혈량을 일으키는 미친 광전사의 힐은 사실 저주받은 드래곤에게 큰 효과를 발하지 못했다. 하지만 지금, 저주받은 드래곤의 출혈량은 그들의 눈에 보이기에도 엄청나게 빨랐다. 심지어 능력 제한까지 걸었다.

스킬 레벨 3의 효과는 무시할 수 없다. 당장 지금만 해도 스킬 레벨이 3 올랐다고 확 달라지지 않는가!

푸화아악! 푸화아아아앗!

곧이어 자신들을 그렇게 애먹였던 저주받은 드래곤이 허무하게 쓰러져 내렸다. 놈의 장기인 브레스도 사용할 수 없고 심지어 출혈에 따라 몸이 빠른 속도로 썩어 들어가는 녀석의 움직임에 제한이 생긴 것이다.

쿠우우웅!

녀석이 육중한 소리를 내며 쓰러졌다.

지니는 전율했다.

'이 동영상이 세계로 뻗어 나가면……!'

큰 호응을 얻어낼 수 있을 것이다.

그들은 빠른 속도로 던전을 공략하기 시작했다. 마지막 보스 몬스터는 죽음의 기사 데스 나이트였다. 하얀빛을 머금은 강력한 검을 든 데스 나이트! 황금빛 플레이트 아머를 입은 녀석이 붉은 안광을 번쩍이며 달려들었다.

"크윽!"

"윽!"

지니와 칸이 놈의 공격을 막으며 비명을 터뜨렸다.

그 순간.

푸화앗!

지니의 가슴팍에 커다란 검상이 생겼다.

"커헉!"

그리고 뒤에 있던 로크가 서둘러 힐을 사용했다.

[힐]

[20~30%의 HP를 회복시킵니다.]

지니 가슴의 상처가 빠른 속도로 지혈되었다. 따뜻한 힘이 깃들며 HP가 빠르게 차올랐다.

"진짜 로크가 이렇게 예뻐 보이긴 처음이다!"

"예뻐 보인다고……? 그건 아닌 듯……"

"크하하! 이쁜이 로크가 나가신다! 죽어랏, 죽엇! 크하하하!"

로크는 말 그대로 날아다녔다. 딜러로서의 막대한 대미지를 넣는 것도 잊지 않았다. 심지어 힐러로서의 역할 또한 잊지 않는다. 정말 엄청나다.

그리고 결국에.

"크아아악!"

죽음의 기사 데스 나이트가 칸의 회심의 일격을 맞고 비명을 지르며 우르르 무너져 내렸다.

죽은 데스 나이트에게서 번쩍이는 검과 막대한 양의 골드가 드랍되었다.

[레벨업 하셨습니다.]

그와 함께 일행들이 모두 1씩 레벨업을 하는 쾌거를 이룩했다.

레벨이 높아질수록 획득해야 하는 경험치 폭은 말도 안 될 정도로 커지는 편이다. 400레벨대의 유저들은 사실 삼일에 1레벨을 올리기도 힘든 실정이었다. 또한, 고작 1레벨 차이에 의해 랭커들의 순위는 변경되곤 하였다.

"해냈다!"

"아자!"

"크하하하, 다 이 몸 덕분이라고!"

그에 지니와 칸은 고개를 저었다.

"정확히는 민혁이 덕분이지."

로크는 미친 듯이 웃었지만 인정하고 있었다. 세상에, 템빨도 아니고 먹빨이라니! 하지만 이 정도 먹빨이라면 민혁의 먹빨교의 충실한 신교가 되리라!

바로 그때, 전혀 예상하지 못했던 메시지가 떴다.

[숨겨져 있는 타임 어택 던전을 최초 공략하셨습니다.]
[명성 20을 획득합니다.]

[5대 스텟을 3씩 획득합니다.]

[타임 어택 던전이 세계 각국에 오픈됩니다.]

[타임 어택 던전은 2주일 동안만 공략 가능합니다.]

[하루 공략 횟수는 5번입니다.]

[공략 제한 시간은 2시간입니다. 실패한 유저의 경우 두 번 다시 입장할 수 없습니다.]

[2주일 후, 가장 높은 순위를 기록한 세 개의 파티에게 특별한 보상이 주어집니다.]

타임 어택 던전! 던전 공략 시간을 줄일수록 보스 몹을 사냥했을 때 더 높은 경험치를 먹을 수 있는 이벤트 던전이었다. 설마 자신들이 깬 던전이 타임 어택 던전의 시작이었을 줄이야!

더 놀라운 것은.

'타임 어택 던전이 세계 곳곳에 생겨난다고?'

그 의미는 간단하다. 세계에 있는 모든 던전에서 타임 어택 던전이 생성된다는 말. 즉, 세계인들이 이 타임 어택 던전을 두고 겨루게 될 거라는 거였다. 한데, 만약 여기에서 순위권에 든다면?

'우리나라가 아직 죽지 않았다는 걸 보여줄 수 있어……!'

그러기 위해선?

'현재 공략시간이 거의 15분 정도가 단축되었어, 여기에서 나와 칸도 민혁이의 요리를 먹는다면……?'

15분 이상의 격차를 더 줄일 수 있을지도 몰랐다.

민혁은 이드니에게 그만이 줄 수 있다는 축복을 받았다.

[이드니의 축복을 받았습니다.]
[신성력 100을 획득합니다.]
[모든 스텟을 5씩 획득합니다.]
[명성 10을 획득합니다.]
[언데드 몬스터에게 5% 추가 대미지를 입힐 수 있습니다.]

사제들이 가지고 있는 신성력 그것이 100이나 상승하였다.
그와 함께 발렌에게 퀘스트 또한 받았다.

[왕국 퀘스트: 쥬이스 신에게 전설 요리를 만들어줘라!]
등급: SS
제한: 발렌과의 친밀도
보상: S급 이상의 재료로 만든 초밥, 바라드의 잔
실패 시 페널티: 발키리 왕국과의 친밀도 하락, 더 이상 북부 대
륙에 발을 들일 수 없음.
설명: 발키리 왕국, 그리고 북부 대륙 전체는 현재 위기에 빠졌다.

분노한 쥬이스 신 때문이다. 쥬이스 신은 평소 먹던 요리보다 더 뛰어난 요리를 맛보고 싶어 한다. 그녀에게 요리해 줘라!

SS급 퀘스트!

"바라드의 잔? 술잔인가?"

"……쿨럭, 수, 술잔이라."

술잔이라는 말에 발렌은 헛기침을 토해낼 수밖에 없었다.

"바라드의 잔은 신의 보물일세, 실제 크기는 일반 잔보다 더 큰 편이지만 바라드의 잔에 담겨 있는 물은 아주 성스럽다고 알려져 있네, 그 성스러운 물을 먹으면 명약들과는 차원이 다른 힘을 얻을 수 있다네."

"호오? 바라드의 잔에 담긴 물은 더 맛있겠죠? 히야,"

민혁의 눈이 초롱초롱 빛났다. 그리고 혀로 입술을 핥는 그의 목울대가 꿀꺽하고 움직인다.

발렌은 말문을 잃으며 그의 초롱초롱한 눈빛을 자신도 모르게 회피해 버렸다.

"어…… 음…… 그, 그러겠지?"

"내가 꼭 전설 요리 만들고 만다!"

"……."

한 왕국을 위해서가 아니라, 초밥과 바라드의 잔에 담긴 물을 마시기 위해 의지를 불태우는 민혁!

'신이시여…….'

발렌은 하늘을 올려다봤다.

"참, 근데 요리를 시작하기 전에 쥬이스 신을 뵐 수 있을까요?"

"……청한다면 가능은 하네만."

"제 요리는 상대방을 봐야지만 만들 수 있어서요."

그에 발렌은 고개를 끄덕인 후, 이드니를 불렀다.

불려온 이드니는 쥬이스 신을 부르기 위해 다시 몇 날 며칠을 아무것도 먹지 못하고 기도를 드려야 했다.

얼마 후 땀범벅이 된 그가 밖으로 나왔다.

"들어가셔도 됩니다. 단, 민혁 님만 들어오시라고 하는군요. 전하는…… 뵙고 싶지 않다는군요."

그 말에 발렌은 괜히 섭섭하면서도 민혁에게 신신당부했다.

"제발, 안에 들어가서 '배고파요,' '바라드의 잔에 담긴 물 무슨 맛이에요? 혀 한 번만 넣었다가 빼봐도 되나요?' 등의 말을 하면 안 되네!"

"……헉? 그럼 신의 세상엔 무슨 맛있는 게 있냐고 묻는 것도 안 되나요?"

'내 이럴 줄 알았다, 이럴 줄 알았어!'

발렌의 표정이 굳어졌다.

"쥬이스 신께 세상에 맛있는 것 좀 팍팍! 내려달라고 하려고 했는데!"

발렌과 이드니가 동시에 말했다.

"제, 제발 하지 말게……."

"제, 제발 하지 마십시오······."

"아쉽네요."

민혁은 쩝- 하며 입맛을 다셨다. 아쉬웠지만 그들이 원한다면 어쩔 수 없지 않겠는가.

"들어가면 엎드린 상태로 절대로 고개를 들지 말게, 또한 최대한 예의를 갖추게, 부탁일세. 우리 왕국의 미래가 달렸네!"

"알겠습니다."

민혁은 고개를 끄덕인 후 신전 안으로 들어갔다.

쥬이스 신. 그녀는 며칠 동안의 이드니 사제장의 지극 정성인 기도에 답해주기로 했다.

사실 바로 답할 수 있었지만, 일부러 하지 않았다.

'고생 좀 해봐!'

일 년에 딱 한 번 맛있는 음식을 먹는 날이 오는 그녀다. 그녀는 사실 지루한 제사가 지나가고 맛있는 식사를 하는 게 정말이지 즐거웠다. 한데, 갑자기 음식에서 독이 발견되었다.

그녀는 먹는 데 흐름 끊기는 걸 아주 싫어했다. 그 때문에 분노할 수밖에 없었다.

곧 자신을 위해 요리를 만들어줄 이가 들어왔다. 그리고 그는 들어오자마자 넙죽 절을 했다.

"쥬이스 신을 뵙습니다!"

넙죽 엎드린 그를 보며 쥬이스 신은 매우 놀란 듯 자신도 모르게 한 걸음 물러날 수밖에 없었다.

'다, 당신이 왜 거기에 있죠?'

속으로 질문을 던지는 그녀의 가냘파 보이는 몸이 작게 떨렸다. 그리고 이내 숨을 고르며 진정시켰다.

민혁의 등 뒤로 보이는 거대한 그림자. 숨어 있는 그는 아기 돼지의 형상을 하고 있었다.

믿을 수 없다는 표정으로 그녀가 돼지에 대한 입을 떼려던 순간.

[아테네의 신이 당신에게 제재를 가합니다.]

그녀는 입술을 깨물었다. 아테네의 신은 신 중에서도 절대적인 신이었기 때문.

그러던 중, 그녀는 무언가 이상함을 느꼈다. 미약하지만 엎드린 사내에게서도 익숙한 기운이 보였다.

'신……?'

그에게서 흘러나오는 힘은 분명 신의 힘이었다. 아직은 아주 미약했지만.

"쥬이스 신이시여, 한 번만 얼굴을 뵈어도 되겠습니까?"

쥬이스는 서둘러 표정을 추슬렀다.

"감히 내 얼굴을 보고 싶다?"

그녀는 작게 조소했다.

"제 요리가 상대방의 얼굴을 봐야지만 만들 수 있기 때문입니다."

"……특이한 능력이군. 네 직업이 무엇이더냐?"

"식신입니다."

"……식신이라."

그녀는 고개를 끄덕였다.

'대륙의 신 중 하나인가 보군.'

대륙의 신. 대륙에서 일반 사람들처럼 살아가는 신들을 뜻한다. 그중 하나라면 그녀가 들어보지 못한 것은 당연지사.

"허락한다."

천천히, 사내가 고개를 들었다. 그는 쥬이스 신의 얼굴을 한 번 확인하곤 서둘러 다시 고개를 숙였다.

민혁은 쥬이스 신을 보며 레시피 창조 스킬을 사용했고 그녀가 원하는 요리를 봤다.

(쥬이스를 위한 닭갈비 레시피)

필요 재료: 새벽닭, 태양 머금은 고추장, 설산 고구마 (생략)

기대 요리 등급: 레어~전설

•기대 효과:

- 신의 가호 대폭 상승
- 발키리 왕국에 대한 신성력 대폭 상승

'다, 닭갈비?'

민혁의 눈이 크게 떠졌다.

닭갈비. 어떤 녀석이던가. 일 인당 만 원에서 만오천 원 사이면 즐길 수 있는 요리! 둥그렇고 커다란 불판 위로 양배추와 닭고기, 고구마, 떡과 같은 음식이 함께 나온다.

특히나, 사리는 어떠한가? 우동 사리, 라면 사리, 치즈 사리 등등! 매우 많은 사리가 존재한다.

'치즈 사리를 시키면……'

둥그런 불판 가운데에 닭갈비가 모두 익은 후, 가운데에 뿌려지는 치즈. 그리고 그를 두들기는 아르바이트생의 현란한 손길! 아르바이트생이 닭갈비를 버무리면 모두가 침묵하는 마법이 생겨난다. 이후 기다리고 기다렸던 알바생의 말!

'이제 드셔도 돼요.'

그가 사라지면 닭갈비를 즐긴다.

상상만 해도 즐거운 요리다. 보는 재미, 먹는 재미, 골라 먹는 재미까지!

그리고 그때, 쥬이스가 말했다.

"나는, 지금 배가 고프다. 발렌에게 전하라!"

"네!"

"이제 곧 두 번째 재앙이 북부 대륙을 덮칠 것이다."

그와 함께 알림이 울렸다.

[4일 후에 북부 대륙에 두 번째 재앙이 내려집니다.]

[두 번째 재앙. 북부 대륙 모든 유저의 능력치 10% 감소.]

이 알림은 아마도 현재 북부 대륙에 있는 모든 유저들에게 울렸을 것이다.

이윽고 민혁이 물러나고, 그가 나선 자리를 보며 쥬이스가 피식 웃었다.

사실 그녀는 절대 불가능하다고 생각했다.

'전설 요리는 나도 딱 한 번밖에 맛을 보지 못했지.'

과거에만 존재했던, 이제는 그저 전해져 내려오는 이야기 같은 것이다.

그러다가 그녀는 민혁이 나간 자리를 보며 중얼거렸다.

"식신과 식탐의 화신이 함께한다라……."

민혁은 밖으로 나와 발렌에게 필요로 하는 재료를 말했다.

그 재료는 전부 등급이 무척이나 높았고 얻기 희귀한 것투성이였다. 그리고 결정적인 것.

'재료 중에서 닭갈비에 넣는 사리들은 빠져 있다.'

즉, 레시피가 원하는 재료 중에서 사리는 없다는 의미다. 또한, 레시피가 원하는 재료들이 워낙 찾기 힘들어 보였다.

하지만 이 재료들을 만약 빠져 있는 사리들, 그것도 높은 재료들로 충당한다면? 기대 요리 등급을 전설로 유지할 수 있을지도 모른다.

발렌은 빠르게 명령했다.

"모든 병력을 풀어서 재료들을 구해라!"

그리고 레전드 길드의 정보꾼이 움직였다. 정보꾼은 모든 정보를 빠삭하게 아는 인물. 게다가, 그는 한번 가본 곳은 일반 귀환서를 이용해서도 다시 갈 수 있는 특별한 능력을 가졌다.

정보꾼이 능력을 이용해 곧바로 엘레에게 그 사실을 알리자, 엘레 또한 모든 병사를 동원해 재료를 수소문하였으며 정보꾼은 누구보다 빠르게 재료들을 수집하기 시작했다. 한 번 수집할 때 최대한 많은 양을, 가장 좋은 재료를!

그 때문에 이 이야기는 저절로 아이리스 길드의 귀에 들어갈 수밖에 없었다.

그리고 루베르트의 길드 마스터 황혼의 요리사 블랙! 그도 발키리 왕국 쪽 레전드 길드의 요리사가 요리를 이용해 쥬이스 신을 만족시키려 한다는 정보를 접했다.

"푸하하하, 이거 완전 코미디군!"

블랙은 웃을 수밖에 없었다.

그는 아이리스의 연락을 받고 곧바로 레이드 참여를 약속했다. 그와 함께 루베르트 길드의 많은 홍보 효과를 기대하기도 했다. 또한, 신의 보물 중 하나인 바라드의 잔! 특별한 힘을 내리는 보물! 값어치를 매길 수 없는 녀석이다.

그들은 분노한 쥬이스의 영혼을 파괴하고 쥬이스에게 제사 음식을 올리면 그 보물을 얻을 수 있다는 퀘스트를 받지 않았던가. 그 과정에서 황혼의 요리사 블랙 또한 많은 걸 얻으리라.

그러던 중, 칼리안이 말했다.

"그런데 만약 그쪽 요리사가 저희보다 먼저 쥬이스 신을 만족시킨다면요?"

그 말에 블랙은 콧방귀를 낄 수밖에 없었다.

"절대 불가능합니다."

"불가능하다라……."

"현재까지 유저가 만든 요리 중에서 가장 높은 등급의 요리는 에픽입니다. 오로지 S급 이상 재료를 모아서 만들었음에도 에픽 요리였습니다. 심지어 무수히 많은 시행착오를 거쳤고요. 그걸 만들어낸 요리사는 100개를 채 만들지 못했죠."

버프 요리이고 심지어 요리사 중 가장 높은 급에 섰을 인물이 고작 100개라?

"그, 그렇게 어려운 겁니까?"

"그렇습니다. 심지어 이야기를 들어보면 '전설' 요리를 만들려고 한다지 않습니까?"

"그렇지요."

"불가능합니다. 앞으로 세계에서 1년이 지나야만 가능할 것입니다. 제가 전해 들은 소식으로는 장인 이상의 요리사여야만 전설 요리를 만들 수 있다더군요."

아직 블랙조차도 장인의 밑인 달인의 경지에 머물러 있다.

"아테네에 존재하는 최고의 재료들만 모아서 수천 번 만들었음에도 만들어낸 요리가 100개가 안 됩니다. 심지어 그 에픽을 만든 요리사가 누구인지 아십니까?"

"……그게 누구죠?"

"바로 접니다."

"……!"

유일하게 에픽 요리를 만들어내는 황혼의 요리사 블랙!

그리고 곧 칼리안의 입가가 쭉 찢어졌다.

생각해 보니 블랙이 누구던가! 바로 세계 10인의 요리사 중 한 명이며 아테네 세계 요리사 랭킹으로도 1~2위를 다투는 인물 아니던가! 심지어 결정적인 것.

"저희가 받은 퀘스트의 경우 분노한 쥬이스의 신의 영혼을 파괴한 후에, 에픽 요리를 제사에 올리기만 하면 됩니다."

블랙이 어깨를 으쓱였다.

"에픽 요리 정도는 충분히 공을 들이고 시행착오를 좀 거치면 만들 수 있습니다. 그러니 저희는 공략 준비, 또 영웅 대접 받을 준비만 하면 되는 겁니다. 물론 요리를 미리 만들어놓고 식품 유지 마법을 건 후에 움직이면 되겠지요."

그에 칼리안이 재밌는 생각이 난 듯 말했다.

"어차피 쥬이스 신을 먼저 만족시키는 게 저희인 것은 확실한 셈이군요?"

"물론입니다."

"그럼 이렇게 하는 것 어떻습니까?"

"어떤 거 말씀이십니까?"

"이 이야기를 더욱더 빠르게 퍼뜨리는 겁니다."

"호오?"

블랙은 눈치챘다.

"레전드 길드냐, 아이리스 길드가 먼저냐이군요?"

"그렇죠. 그리고 저희는 당연히 승리를 거머쥘 테니, 사람들은 결국 레전드 길드의 패배에 비웃지 않겠습니까?"

"그렇겠군요."

황혼의 요리사 블랙은 피식하고 웃었다.

"참, 던전 공략은 언제 합니까?"

"바로 두 번째 재앙이 닥치는 날 합니다."

그때 해야, 유저들은 더욱 안도하고 환호할 것이 분명했다.

또한, 이미 던전의 위치는 알아놓은 상태. 그들은 만반의 준비를 갖추고 있었다. 길드 최고의 랭커들이 출전하고, 최고의 용병들도 뽑았다. 퀘스트를 완료하면, 그들에게 막대한 보상이 주어질 것이다.

한데, 의아한 것.

'쥬이스 신을 사냥해야지만 몰아서 모든 아티팩트와 골드가 드랍된다……?'

희한하게도 그 던전 안에서는 그 어떤 것도 드랍되지 않는다. 분노한 쥬이스 신의 영혼을 파괴할 때 몰아서 획득한다 했다.

즉, 던전 한 바퀴 돌았을 때 본래 1만 골드를 얻으면 쥬이스 신에게서 1만 골드를 획득할 터. 국내 최초의 SS급 퀘스트인 만큼 어마어마한 보상과 관심이 예상되었다.

그러던 중, 칼리안이 물었다.

"에픽 요리 정도는 몇 번 정도 시도해야 합니까?"

"오십 번 정도 시도하면 됩니다."

단 두 번. 두 번 만에 에픽 요리가 나왔다.

"……진짜 미쳤군."

"이게 말이 되는 건가요?"

"……"

발렌, 이드니, 페를은 말문을 잃을 수밖에 없었다.

'S급 재료들만 모아놓고 만드니, 진짜 다르네…….'

달라도 너무나 달랐다.

민혁은 이제까지 레시피 창조에 의한 요리를 만들 때 S급 재료가 끽해야 하나, 많으면 몇 개가 들어갔다. 한데, 이젠 S급 재료를 모두 채워 요리하고 있었다. 심지어 레시피 창조가 원하는 재료들보다 더욱더 많은 재료를 추가했다.

본래 재료는 새벽닭, 태양 머금은 고추장, 설산 고구마, 토깽전사의 당근 등이었다. 하지만 여기서 토깽전사의 당근은 얻지 못했다. 대신에 땅속 깊은 곳에서 자라난다는 땅나무 우동 사리를 얻었다.

이 땅나무 우동 사리는 명약이다. 그 외의 추가 사리 재료들의 상당수도 명약!

명약은 사실 S급 재료 이상의 힘을 낸다. 그런 재료들을 주야장천 가져다가 요리를 해대니 재료 등급이 높게 나오는 것.

물론 재료가 최고라고 모든 요리 등급이 높을 순 없다. 민혁의 높은 등급 확률 두 배가 큰 힘을 발했다고 볼 수 있었다. 또한.

'손재주도 영향을 미치는 것 같은데?'

손재주와 식신의 습득 스킬도 엄청난 영향을 주고 있었다.

습득 스킬은 말 그대로 적당한 때를 가르쳐 줘, 최고의 요리가 나오게 도와주고 손재주는 그를 뒷받침한다. 즉, 높은 등급이 나올 확률이 두 배가 아니고 거의 대여섯 배는 된다고 봐도 무방할 듯 보였다.

'이런 기회는 두 번 다시 없겠지.'

세상에, 제국이나 왕국 전체가 움직여 재료를 구해다 준다. 이런 기회는 두 번 다시 얻을 수 없다. 그리고 민혁이 최초로 전설 요리를 맛볼 기회이기도 했다.

그 와중에.

"크, 조금 아깝군. 잘 만하면 전설 요리가 나왔을지도 모르는데."

"그러게 말입니다."

발렌과 이드니가 말했다.

한데, 그들과 반대로.

"헤헤, 우동 사리 맛있어!"

민혁은 최고의 재료들로 만들어졌지만 정작 쥬이스에게 받칠 수 없는 닭갈비를 자신이 먹어치웠다. 물론 버프 효과나, 기존에 명약이 가지고 있던 힘은 얻을 수 없다. 이미 레시피 창조로 효과를 볼 수 있는 사람이 정해졌기 때문.

"흠흠, 나도 한 젓가락 먹어도 되겠는가?"

어느새 발렌도 함께 마주 앉았다.

요리를 먹으며 민혁은 생각했다.

'최대한 늦게 나왔으면 좋겠다……!'

그래야 더 맛있는 걸 많이 먹을 테니까.

반대로 발렌은 생각했다.

'어서 빨리 재앙을 몰아내야 할 텐데…….'

그러다가 민혁의 요리를 맛보곤…….

'……조금 늦어도 괜찮을지도?'

그도 이 엄청난 요리를 계속 먹고 싶었던 거다! 말로 표현 안 될 정도로 맛있던 것.

'와…… 와…… 정말…… 와…….'

'와라는 감탄사만 나오게 하는 맛!

하지만 곧 발렌은 고개를 저었다.

'그래도 어서 빨리!'

"빨리 쥬이스 신께서 만족하셔야 하네, 시간이 얼마 없네!"

그의 말에 민혁은 계속 요리했다.

하지만 레시피 창조 스킬은 버프량을 소모했다. 하루에 민혁이 요리할 수 있는 건 딱 네 번뿐.

그에 방법이 없느냐? 아니었다.

발렌 왕은 재료를 구해올 때 이것 또한 구해오라 지시했다. 바로 라미스의 꿀이었다.

"크! 라펜더스의 꿀은 아니지만 맛있는 꾸울!"

민혁은 가래떡을 노릇노릇 구웠다. 그리고 사방팔방에서 구해오는 라미스의 꿀을 쉴 새 없이 먹었다. 라미스의 꿀은 명약은 아니었지만 먹으면 랜덤으로 경험치를 올려주고 버프량을 모두 회복시켰다.

"와구!"

겉이 노릇노릇 잘 구워진 떡을 라미스의 꿀에 발라 입에 넣었다. 뜨끈뜨끈한 떡을 씹자 달콤한 맛이 퍼지며 바삭바삭한 식감이 났다. 그리고 그 식감 뒤로 쫄깃한 가래떡의 맛!

"크!"

[버프량이 회복됩니다.]
[레벨업 하셨습니다.]
[버프량이 회복…….]

레시피 창조를 해서 요리를 만들고 버프량이 떨어지면 라미스의 꿀을 먹고, 다시 요리를 만들고 떨어지면 꿀을 먹고의 반복!

라미스의 꿀은 한번 복용하는 가격이 약 5플래티넘으로 일반 유저들은 쉽사리 먹지 못할 가격이다. 그런데 민혁은 무한 공급받고 있었다. 심지어 폭렙 중이기도 했다.

민혁은 전에 루마드를 사냥하고 레벨업을 약 20 정도 했었다. 그에 241이 되었고, 지금 라미스의 꿀 덕분에 빠르게 레벨업 해서 249레벨을 찍었다.

그동안 약 이틀이 지났다. 쉴 새 없이 만들고 먹고 만들고 먹고를 반복했다. 한데, 나온 결과물은.

"에픽 두 개에, 유니크 스무 개…… 음……."

처음 요리 두 번 만에 에픽을 만들어냈을 때가 무색하게 현저하게 떨어지기 시작한 요리 등급.

"이, 이러다간 큰일일세, 바로 내일이면 재앙이 내린단 말이네!"

발렌이 머리를 감싸 쥐고 초조해했다. 갑자기 운빨이 확 안 받기 시작한 민혁. 그에 발렌의 속은 타들어 갔다.

아는지 모르는지 민혁은 다시 라미스의 꿀에 떡을 먹었고.

[버프량이 회복됩니다.]
[레벨업 하셨습니다.]
[대마도사 아필드의 망토의 봉인이 해제됩니다.]

잊고 있었던, 250레벨 때 입을 수 있는 '투명' 기능이 있는 망토의 봉인이 해제되었다.

대마도사 아필드의 망토! 투명화를 사용하면 약 2초 동안은 적을 공격할 수 있다. 대신에 만약 2초가 지나 공격을 가한다면 투명 상태가 풀리게 되며, 마나 소모량은 생각보다 어마어마한 편이고 초마다 100씩의 MP가 소모되었다.

민혁은 일단 대마도사 아필드의 망토를 한편에 잘 넣어뒀다. 발렌의 말처럼 바로 내일이면 또 다른 재앙이 내리게 된다. 시간이 없었다.

민혁은 정말 조금도 쉬지 않고 요리 중이었다. 그러면서도 실패 때마다 눈에 띄게 기뻐(?)하며 닭갈비를 먹었다.

그가 미워 보일 수도 있지만 발렌은 그가 얼마나 노력하고 있는지가 눈에 보였기에 아무 말도 하지 않았다.

그리고. 아이리스 길드의 던전 공략일이 되었다.

현재 전국의 모든 아테네 유저들의 관심을 한 몸에 받고 있는 아이리스 길드. 그 던전 공략대가 타락한 쥬이스의 던전을 공략하기 위해 앞에 집결했다.

그리고 그중엔 던전 공략 라이브의 PD 한태성도 포함되어 있었다.

'캬! 랭커 삼십 명이 모이다니……! 대박이다!'

용병 반절에, 아이리스 길드원 반절.

물론 최고의 랭커들만 모인 것은 아니었다. 준랭커들도 모여 있었다. 하지만 준랭커들조차도 아테네라는 게임에서 꽤 막강한 영향력을 발휘하지 않던가.

'이번 공략을 위해 아이리스 길드가 사용한 자금이 어마어마하다지.'

그럴 수밖에 없다.

랭커 용병들의 몸값은 상상을 초월한다. 또한, 쥬이스의 타락한 던전의 경우 30~40명까지의 인원을 수용하는 대규모 던전이었다.

보통 대규모 던전은 일반 던전보다 훨씬 더 어렵고 까다로우며 갖가지 트릭들이 즐비했다.

'그래도 SS급 퀘스트를 통해 공략만 성공한다면 아이리스 길드와 루베르트 길드가 얻어가는 건 엄청 크겠지.'

한태성은 고개를 끄덕였다.

이윽고 던전 공략 라이브의 생방송이 시작되었다.

"여기는 타락한 쥬이스의 던전 앞입니다. 현재 아이리스 길드는 유저분들이 북부 대륙 퀘스트를 수월히 진행할 수 있게 솔선수범하여 며칠 동안 사냥도 포기하고 오로지 던전을 공략하기 위한 준비에 박차를 가했습니다. 아이리스 길드의 길드 마스터 칼리안 님은 두 번째 재앙이 일어나는 오늘 막대한 손해에도 불구하고 엄청난 돈을 들여 용병들을 끌어왔죠. 거기에 엄청난 포션 가격, 장비값 등도 지원했다고 합니다."

그것은 바로 PD 한태성의 아이리스 길드 띄워주기였다.

그에 시청자들 반응은 당연히 좋았다.

[아이리스균: 사랑해요, 아이리스! 꼭 북부 대륙에 몰려올 재앙을 해결해 주세요.]

[더위사냥: 진심, 더움…… 또 두 번째 재앙까지 오면 사실상 유저들 전부 빠지라는 말 아님? 이번 던전 공략에서 아이리스가 꼭 성공하길……]

[카르디: 아이리스 길드 멋있어요! 최초의 SS급 퀘스트라니, 캬! 재밌겠당!]

유저들은 관심을 가지고 지켜봤다.

얼마 후, 한태성은 들을 수 있었다.

[헤니리: PD님, 지금 시청률 20% 돌파했습니다!]

시작과 동시에 20% 돌파! 오늘 내로 40% 돌파도 볼 수 있을 것이다.

"출발한다!"

그리고 칼리안의 말과 함께 던전 안으로 입장을 시작했다.

아이리스 길드가 던전 공략을 시작한 그 시각.

"……."

발렌과 이드니, 민혁은 할 말을 잃었다. 연속으로 스무 번 유니크가 떴다.

"……미치고 팔짝 뛸 노릇이군."

발렌 또한, 현재 쥬이스 신을 달래기 위해 한 길드가 던전 공략에 들어갔다는 이야기를 들었다. 그래서 더 문제였다.

발키리 왕국 내에서 나온 문제를 얼마 전, 자신들을 공격했던 게 그들이 아닐까 의심되는 이들이 공략을 한다? 심지어 쥬이스 신의 옥체를 훼손하고?

또한, 발키리 왕국 내에선 신격화되어 있는 것이나 마찬가지인 바라드의 잔을 그들이 얻는다는 건 말도 안 되는 일.

게다가 그들이 실패해도 문제다. 두 번째 재앙이 고스란히 직면할 테니.

최고의 방법은 바로 민혁이 해내는 것이었다.

[유니크 등급입니다.]
[유니크…….]

민혁은 계속 실패하고 있었다. 갈수록 초조해졌다.
그러던 중 길드 채팅창을 봤다.

[길드 채팅 크로우: 던전 공략 생각보다 엄청 어려워 보이네……랭커 서른 명 모아서 들어가는데도 지금 입구도 못 뚫고 있다…….]
[길드 채팅 로크: 물약 빠는 거 보속ㅋㅋ 지금 파워에이두처럼 마시는 저거 풀잎의 이슬 포션 아님? 저거 한 병에 한 3플래티넘 하지 않나? 와, 저걸 다 뿌렸네.]
[길드 마스터 지니: 아이리스 길드도 이번에 사활을 걸었다는 거지, 그리고…….]

지니는 뒷말을 삼켰지만, 민혁은 알았다. 아이리스 길드는 성공만 한다면 지금 쓰는 것보다 훨씬 큰 것들을 창출한다. 길드 홍보, 길드원 가입 효과, 재앙을 이겨낸 길드라는 이미지, 또한 바라드의 잔 등.
그리고 민혁에게도.
'꼭 해내야 해.'

해내야 하는 결정적인 이유가 있다. 초밥, 그리고 또 민혁은 바라드의 잔을 통해서 꼭 해보고 싶은 요리가 있었다.

'초밥과 함께 그 뜨끈한 국물을 흐르릅 먹어주고 푹 삶아진 채소를 들어 올려 고추냉이 장이나, 칠리소스에 찍어 먹어주면…… 크! 꼭 해내야 한다, 꼭……!'

하지만 쉽지가 않다. 전설 아티팩트를 혜민아빠가 만들어줬을 땐, 너무 뚝딱 만들어줬기에 쉬운 일인 줄 알았다. 하지만 결코 쉬운 일이 아니다.

시간은 초조하게 계속 흘러가는데 계속 실패한다.

[길드 채팅 로크: 중간부에서 병력 열이 죽어버리네…….]

[길드 채팅 칸: 쌤통이다, 개자식들!]

[길드 마스터 지니: ㅎㅎㅎㅎ, 페널티 생각하면 길드 자체가 가지는 피해 엄청 클 듯.]

벌써 공략대는 중간 지점을 넘어갔다. 서서히 쥬이스의 타락한 영혼이 있는 곳으로 향하고 있었다.

민혁은 한숨을 뱉었다. 잠시 머리를 좀 식혀야 할 필요가 있었다. 벌써 나흘째. 민혁은 잠 한숨 자지 않고 있었다.

그에 발렌과 이드니, 페를과의 친밀도는 극에 달했다. 그의 노력이 고스란히 보였기 때문이다.

잠시 눈을 감았던 민혁은 신중하게 다시 요리하기 시작했다.

둥그런 불판 위로 양배추, 버무린 닭고기, 고구마, 당근, 양파 등을 가득 올렸다. 그리고 볶기 시작한다. 좌아아아아아아! 하는 소리가 점차 커졌다.

민혁은 닭갈비란 요리에 대해 생각해 봤다.

'가장 값싸게 먹을 수 있는 코스 요리 아닐까?'

첫 번째 코스는 바로 그냥 먹어주는 고기다. 그냥 먹어보고, 상추에 싸서 쌈장, 마늘을 올리고 먹고, 또는 쌈무에 닭갈비 하나만 먹고.

이렇게 먹다가 이번엔 사리들을 먹어준다. 양념을 가득 머금은 우동 사리, 달콤한 맛을 내는 고구마 사리, 쫄깃쫄깃 수제비 사리 등등.

그렇게 모두 먹은 후엔? 밥을 볶아 먹는다. 김 가루가 뿌려진 볶음밥은 마지막 화룡점정의 코스다. 김 가루가 춤을 추듯 움직이고 밑부분이 눌은밥이 될 수 있게 한 후에, 뜨뜻한 그것을 입에 넣고 먹는다.

그리고 한 번씩 살얼음 낀 동치미를 수저로 먹어준다. 이처럼 닭갈비란 요리 자체는 아주 훌륭한 요리이다.

민혁의 이마에서 땀이 한 방울 흘렀다. 그는 그것을 팔뚝으로 훔쳐냈다.

[길드 채팅 칸: 보스 방이다, 아…… 망했다.]

그때 민혁 또한 닭갈비를 완성시켰다.

알림이 들려온다.

[닭갈비를 완성하셨습니다.]

[쥬이스만이 버프 효과를 볼 수 있는 요리입니다.]

[레시피 창조 스킬 요리는 한 사람당 한 달에 하나씩의 요리만 맛볼 수 있습니다.]

[무아지경. 당신의 '노력', '열정', '더 뛰어난 요리를 향한 갈망'이 들어간 요리입니다.]

[무아지경에 따라 버프 효과가 더 좋아지며 등급이 상승합니다.]

[전설 등급입니다.]

[손재주 30을 획득합니다.]

[명성 200을 획득합니다.]

[업적 포인트 5,000을 획득합니다.]

[최초의 전설 등급 요리를 제작하셨습니다.]

[전설을 만들어낸 자 칭호를 획득합니다.]

[5대 스텟을 2씩 획득합니다.]

보상을 확인했다. 보상은 만만치 않아 보였다. 저번에 루마드를 사냥했을 때처럼 명성이 한 번에 200이 올랐다. 거기에 더해 칭호도 얻었다.

저번에 얻었던 극강팔인을 사냥한 자의 경우, 자신보다 레벨

100이 넘는 몬스터를 사냥할 시 모든 스텟 10% 상승 효과를 받았다. 그리고 이 전설을 만들어낸 자는?

민혁은 칭호를 확인했다.

(전설을 만들어낸 자)

유일 칭호

제한: 전설을 만들어낸 자

칭호 효과:

- 전설 요리를 만들 확률 두 배

- 버프량 두 배

- 유지 기간, 보관 기간 상승

상당히 좋은 칭호였다.

그리고 민혁은 완성된 전설 요리를 확인해 봤다.

(닭갈비)

재료 등급: S

등급: 전설 /제한: 쥬이스만 버프 효과를 볼 수 있음

보관일: 65일 / 유지 시간: 60일

특수 능력:

- 쥬이스 신의 축복+6

- 신성력 두 배

설명: 놀라운 힘을 가진 요리사가 심혈을 기울여 만들어낸 전설 등급에 속하는 요리이다.

"……와."

민혁도 이런 말을 잘하는 편은 아니다. 하지만 저절로 탄성이 흘러나왔다. 스킬을 단숨에 6이나 올린다? 더군다나, 신의 결정체라고 할 수 있는 신성력이 두 배로 상승한다니!

엄청난 양의 신성력을 보유하고 있을 쥬이스 신. 그녀의 신성력이 두 배가 된다니 상상도 되지 않을 정도였다.

그러나 민혁은 지금 자신이 이럴 시간이 없다는 걸 깨달았다.

그리고 발렌과 이드니도 무언가 이상함을 깨달았다. 민혁이 요리를 만들어낸 순간. 요리에서 강렬한 빛이 뿜어져 나왔기 때문이다.

"서, 설마……?"

"가시죠. 나왔습니다!"

"……!"

가기 전, 발렌은 궁금했기에 한번 확인해 보고 싶었다.

"내가 봐도 되겠나?"

민혁이 고개를 끄덕였다. 곧 발렌이 닭갈비를 확인했다. 그리고…… 말문을 잃었다.

"전하?"

민혁의 부름에 정신을 차린 발렌. 그가 고개를 끄덕인 후

그와 함께 달리며 생각했다.

'먹어보고 싶다……'

PD 한태성의 입가가 찢어졌다.

그는 던전에 함께 들어가다가 결국 강제 로그아웃 당했다. 하지만 그는 기뻤다.

"캬, 시청률 38% 돌파!!"

엄청난 시청자들이 몰리고 있었다.

등골을 서늘하게 만드는 긴장감! 랭커들의 실력. 그리고 그 랭커들만큼 강력한 몬스터들!

보스 방에 남은 유저들이 들어갔다. 보스 몬스터 분노한 쥬이스의 영혼은 무척 강했다. 그녀에게서 쏟아지는 저주받은 신성력 마법들이 단숨에 유저들의 피부를 썩게 만들고 상태 이상에 빠지게 했다.

'쥬이스를 사냥하는 것으로도 엄청난 효과가 있겠지, 또 보상이 떨어지면?'

시청자들은 환호할 것이다.

그러던 중.

[끄아아악!]

또 다른 유저가 로그아웃 당했다. 이제 남은 인원은 고작해야 넷이었다. 블랙, 칼리안 그 외의 아이리스 길드원 둘.

칼리안은 블랙을 살리기 위해 온 힘을 기울였다. 비록 요리는 만들어졌지만, 그가 요리를 올려야 한다는 생각에서였다.

그리고 이어 칼리안이 길드원에게 눈짓했다.

[으랴아압!]
[맹수의 칼날!]

길드원들이 마지막 힘을 짜내어 분노한 쥬이스의 영혼을 향해 달려들었다. 아니, 정확히는 쥬이스 여신의 앞으로 달려가 총알받이를 했다.

"대를 위한 소의 희생. 크!"

한태성이 감탄했다.

쥬이스를 사냥하기 위해 몸을 던지는 길드원들.

[끄아아악!]
[끄라아아악!]

그들의 몸이 쥬이스의 거친 손길에 갈가리 난자되었다.

그리고 그 틈에, 칼리안이 움직였다.

푸지이익!

[꺄아아악!]

쥬이스의 비명! 그리고 짜 맞추기라도 했던 듯 쓰러지는 길드원들의 목소리!

[꼬, 꼭 성공하셔야 합니다!]
[북부 대륙 개척은 무사히 이루어져야 합니다. 괴로워하는 유저들을 위해서라도……!]

대본 읽듯 딱딱했으나, 지금 시청자들 귀엔 들어오지 않을 것이다.
쓰러져 가는 쥬이스가 앞에 있다. 칼리안이 검을 굳게 쥔다.

[내 기필코, 재앙을 물러나게 만드리라!]

칼리안의 검이 밝은 빛에 휩싸였다. 그는 마지막 힘을 짜내어 달려들었다.
가슴이 관통당한 쥬이스. 그녀가 비틀거리고 칼리안의 검이 그녀의 복부를 향해 뻗어진다.
"잡았……!"

한태성이 쾌재를 불렀다. 하지만 그 순간.

[촤아아아앗!]

빛이 되어버린 쥬이스 신이 터져 나갔다.
"으, 응…… 뭐, 뭐지? 잡은 건가?"
한태성이 고개를 갸웃하며 옆의 사람들을 돌아봤다.
"칼 안 박혔는데……?"
그들도 태성과 똑같은 걸 봤다. 분명 검이 박히지 않았다.
"뭐, 뭐야!"
갑자기 방송국이 뒤집혔다. 칼리안도 의아한 표정을 지었다.
그 순간, 시청자 게시판이 폭주하기 시작했다.
그들은 분명 공격당하지 않았다, 그런데 왜 쥬이스가 사라졌냐며 목소리를 높이고 있었다.
그리고 시청자들과 방송국 사람들, 아이리스 길드원들의 말을 한 유저가 요약하여 대변했다.

[아이리스균: 뭐, 뭥미……?]

6장
바라드의 잔, 샤브샤브

가장 당황한 것은 당사자였다. 타락한 쥬이스의 던전 안에 있던 칼리안! 그는 갑자기 빛이 되어 화한 분노한 쥬이스의 영혼에 당혹함을 감출 수 없었다.

'이, 이게……?'

그리고 그건 옆에 있던 블랙도 마찬가지였다.

"뭡니까?"

그 순간 그들에게 알림이 울렸다.

[쥬이스 신이 노여움을 거두었습니다.]

[쥬이스 신의 모든 재앙이 사라집니다.]

[쥬이스 신이 북부 대륙에 축복을 내립니다.]

[북부 대륙에 존재하는 모든 몬스터의 경험치와 아이템 드랍률

이 한 달 동안 25% 상승합니다.]

"……!"

칼리안과 블랙의 시선이 허공에서 마주쳤다. 그리고 두 사람은 알림을 들었다.

[퀘스트를 실패하셨습니다.]
[퀘스트 페널티가 적용되어 북부 대륙에 발을 들일 수 없게 됩니다.]

"……."

두 사람은 다시 말을 잃었다. 퀘스트가 실패했다고?

분노한 쥬이스의 영혼. 그는 죽은 게 아니다. 말 그대로 사라진 것이다. 왜냐? 분노한 쥬이스가 노여움을 거두었기 때문이다.

애초에 바크를 통해 영혼 소환술로 사제의 말을 들었을 때이 던전 자체는 쥬이스가 노했을 때만 생성된다고 했다.

눈을 마주친 칼리안과 블랙. 칼리안이 속으로 생각했다.

'이번 공략을 위해 들인 시간이 일주일 가까이…… 그리고 참전한 용병들에게 그 값을 치러야 하고 그들이 복용한 포션, 지원해 준 장비값 다 합치면…….'

거의 1,000플래티넘의 값어치다. 기존의 계산대로라면

1,000억 골드. 현금으로 한다면? 수십억이다. 칼리안은 갑자기 눈물이 울컥하고 솟으려 했다.

그리고 때마침 눈치 없는 길드원이 말했다.

[길드 채팅 레보: 길마님! 지금 시청률 40% 넘었대요! 완전 핵대박 이에요! 우와! 쩔어!]

40%가 넘었단다.

즉, 그 의미는 전국의 TV를 보고 있던 40%의 시청자들이 지금 이 모습을 보고 '허허허…… 쟤네 × 됐네.' 하고 있다는 거다.

[길드 채팅 로드: ……레보, 너 방송 안 보고 있지. 쫓겨나기 싫으면 닥치고 있는 게 좋을 듯…….]

[길드 채팅 카르망: …….]

[길드 채팅 하마: …….]

[길드 채팅 루크: …….]

[길드 채팅 레보: 왜, 왜 그래요?]

길드 채팅이 애도의 물결을 보내고 있었다.

이는 루베르트 길드도 마찬가지였다. 더군다나, 블랙은 레 전드 길드 쪽 요리사가 쥬이스 신을 요리로 만족시키려 한다 는 말에 이런 인터뷰를 했다.

[블랙: 노력은 가상한 것 같군요. (웃음)]

한데, 지금 그는 보지 않아도 알 수 있었다.
시청자들의 댓글을.

[블랙밥맛: ㅋㅋㅋㅋㅋ 블랙 표정 보속ㅋㅋㅋㅋㅋ 며칠 전에 갈잖다는 듯,
'어딜 덤벼?' 했던 사람이 지금은 세상 다 잃은 표정ㅋㅋㅋㅋㅋ 이인새엥~]
[fadd512: 열 받을 수밖에 없을 듯……. 심지어 저거 던전 공략하는
동안 몹들이 골드랑 아티팩트 안 주지 않음? 듣기론 뭐 쥬이스의 분노
한 영혼 잡으면 몰아서 나온다던데. 그럼 쟤네 이제까지 뭐 한 거예요?]
[쌤통맨: 뭐 하긴요? 허공에 삽질한 거죠.]
[fad31: 너무 그러지 맙시다…… 그래도 우리 구하려고 한 건
데……. 불쌍하다. 쩝. 화. 이. 팅!]

"하, 하하하하하……!"
먼저 블랙이 웃었다. 그리고 이어, 칼리안도 마주 보고 웃었다.
"하하하하하하하!"
두 사람이 마주 보고 미친 듯이 웃기 시작했다. 바라드의 잔,
블랙의 요리 중명, 고위 랭커들 추가 모집 등이 활활 타올랐다.
그러다 블랙은 아차 했다.
'쥬이스 신이 대륙에 축복을 내렸다……'

그에 모든 경험치, 드랍률 25%가 상승했다.

'그 요리사라는 놈, 도대체 정체가 뭐길래?'

그리고 쥬이스 신이 축복을 내렸다는 뜻은 만족했다는 의미. 즉, 전설 요리를 만들었다는 뜻이기도 했다.

칼리안이 한참 던전의 보스 방 진입을 하고 있을 때 민혁은 서둘러 신전 안으로 들어갔다.

이드니는 다시 기도를 올렸다. 다행스럽게도 쥬이스 신은 빠르게 반응했다.

안으로 들어간 민혁이 닭갈비를 떡하니 대령하자, 쥬이스 신의 눈이 크게 떠졌다.

'어, 어떻게 알았지?'

자신은 지금 닭갈비가 미칠 듯이 먹고 싶었던 참이었다!

심지어 저기 보이는 모세의 기적과 같은 치즈를 보라! 아직도 뜨끈뜨끈 김이 오른다. 닭고기를 집어서 푹 찍은 후에 들어 올리면 치즈가 쭈우우욱- 늘어날 것만 같았다. 그녀의 혀가 자신도 모르게 입술을 핥았다. 1년에 한 번씩 음식을 먹어봐라! 안 맛있는 게 있겠는가?

그녀가 천천히 걸음을 옮겼다. 그런데, 음식에서 심상치 않은 힘이 느껴졌다.

'서, 설마 진짜?'

그녀는 놀란 표정으로 요리를 확인해 봤다. 그리고 앞에서 절을 하고 있는 민혁을 바라봤다.

'엄청나군……'

과거에도 단 몇 번밖에 모습을 드러내지 않았다는 전설 요리!

사실 쥬이스는 두 번째 재앙을 내린 후에, 이 재앙을 시간이 좀 더 흐르면 걷어줄 생각이었다. 사실상 그녀의 상식선에서 전설 요리는 불가능했기 때문. 한데, 지금 그 전설 요리가 떡하니 앞에 있다. 심지어 가장 자신이 먹고 싶은 요리로!

그녀는 서둘러 자리에 앉았다. 그 순간.

"……?"

그녀는 또다시 놀라운 광경을 목도했다. 바로 민혁의 앞에서 둥그런 프라이팬이 생겨나고 자신과 같이 맛있는 먹거리가 생겨난 것이다!

"쥬이스 신이시여!"

"말하라."

"저에게는 요리를 만들어준 후, 저 또한 같은 음식을 먹을 수 있는 힘이 있사옵니다. 함께 먹어도 되겠습니까?"

쥬이스는 잠시 생각했다. 신인 자신과 겸상이라……?

하지만 노력이 가상한 자다. 실제로 민혁은 나흘을 꼬박 새우지 않았는가. 그의 얼굴에 피곤한 기색이 역력했다. 민혁은 자신도 전설 요리 닭갈비를 먹기 위해 노력했다!

"그러도록 하라."

대담한 쥬이스가 젓가락을 집어 드는 것을 본 민혁이 빠르게 몸을 일으켰다.

쥬이스는 마른침을 꿀꺽 삼켰다.

'자, 먼저……'

그녀가 젓가락을 뻗어 붉은 양념을 한가득 스며든 듯 보이는 닭고기를 입에 가져다 씹어봤다.

'부, 부드럽다……!'

입안에서 녹는 것만 같았다. 입안 가득 퍼지는 매콤한 양념 맛에 그녀의 입가에 기분 좋은 웃음이 퍼졌다. 그리고 꿀떡 넘겼을 때 그녀는 자신도 모르게 탄성을 터뜨렸다.

"이런 맛은 처음이로다."

"헤헤헤, 이렇게 먹어도 맛있습죠!"

민혁은 닭갈비를 치즈에 푹 찍었다가 들어 올렸다. 그러자 쭉 늘어나는 치즈! 민혁은 그것을 단숨에 입에 넣고 늘어난 치즈를 날름날름 끌어당겼다.

"먹을 줄 아는구나!"

"쥬이스 님, 요거 요거 고구마도 별미입니다."

"암, 그렇고말고. 먹을 줄 아는 너와 함께하니 좋구나."

쥬이스는 그 말에 고구마를 집어 들었다. 양념이 가득 배어든 고구마를 씹자, 먼저 매콤한 맛이 퍼진다. 하지만 끝 맛. 그 끝 맛은 달콤하기 이를 데 없다. 정말이지 말도 안 되는 맛이로다.

그녀가 한창 먹고 있을 때. 민혁에게 알림이 울렸다.

[콩이가 소환을 요청합니다.]

어떻게 냄새를 맡은 건지 콩이가 격렬하게 소환을 요구했다!

사실 콩이는 민혁이 먹으면 소환의 방에서 알아서 경험치가 올랐다. 즉, 콩이 또한 안에서 맛있게 먹는 것. 한데, 소환을 요청한다?

'같이 먹는 게 맛있어서인가.'

그에 민혁이 말했다.

"쥬이스 신이시여."

"그래."

"제 펫을 소환해도 되겠습니까?"

맛있게 음미하고 있던 쥬이스는 멈칫했다.

'화신……'

하지만 그의 존재에 대해 민혁은 모르는 눈치다.

그녀가 고개를 끄덕이자 콩이가 나타났다.

나타난 콩이는 민혁의 어깨 위에서 작은 주먹으로 살포시 민혁의 머리를 쳤다.

툭.

"꾸울!"

어떻게 날 빼고 이런 맛있는 걸 먹냐, 꾸울!

콩이가 바닥에 내려서자 콩이에게도 요리가 생겨났다. 게눈 감추듯 먹어치우다가 우동 사리를 집어 들었다. 그러곤.

"후루루루룹!"

면발 하나를 야무지게 빨아들이는 콩이!

"꿀!"

캬! 최고다, 꿀!

그 모습을 본 쥬이스가 피식 웃음 지었다.

"재밌는 펫이로구나."

"예, 뭐."

"너하고 꼭 닮은 것 같구나."

"……."

민혁은 슬쩍 콩이를 돌아봤다. 콩이는 말 그대로 아기 돼지다. 콩이를 닮았다. 즉? 돼지를 닮았다?

그에 민혁이 말했다.

"설마요."

"꿀?"

그에 콩이가 민혁을 돌아봤다. 그리곤 씨이이익 웃었다. 부정하지 마라, 주인. 꿀. 이라고 하는 듯한 표정.

"……."

민혁은 말문을 잃었다.

그러다 이번엔 쌈무 위로 닭고기를 올려 한입.

"크하하핫!"

그리고 쫄깃쫄깃한 수제비 사리를 입에 넣고 씹으며 말했다.

"해, 행복해……."

"나도 좋구나, 1년 만에 먹는 음식이 이처럼 맛있다니……."

그 말을 들은 민혁은 경악했다.

"1, 1년 만에요?"

"난 제사를 올릴 때를 빼고 음식을 먹지 않는다."

"……화나실 만하네요."

민혁이 고개를 끄덕이자 쥬이스도 고개를 끄덕였다.

왠지 쥬이스 신은 서러움이 밀려왔다. 발키리 왕국의 사람들은 쥬이스 신이 그저 농간을 친다고 말한다. 또는, 별거 아닌 거 가지고 그런다고 하기도 했다. 하지만 생각해 보라! 1년 동안 손꼽아 기다리던 날이다. 그 날을 망쳤다!

"이해해요. 저 같아도 화났을 거예요. 제가 발렌 전하께, 말해서 앞으론 더 열심히 준비하라고 할게요!"

하지만 민혁은 진심으로 이해해 주고 있었다.

"호호, 그거 고맙구나."

그러다 쥬이스는 멈칫했다. 이야기하다 보니 어쩌다 이 인간과 친숙하게 말하고 있었다. 마치 오랫동안 함께한 이처럼.

"참, 쥬이스 신님! 1년 만의 식사를 위해 제가 볶음밥을 준비해 드리죠."

"호오, 좋다!"

쥬이스가 고개를 끄덕였다.

민혁은 현란한 손길로 쥬이스의 앞에 있는 불판의 소스들을 한껏 덜어냈다. 그리고 고기 조각 몇 개를 남기고 그 위로 하얀 쌀밥을 투하했다. 그 상태에서 미리 썰어놓은 깻잎, 상추, 김치 등을 넣은 후 고추장과 참기름을 둘렀다.

촤아아아아아아!

맛있게 볶아지기 시작한 볶음밥.

"꾸울!"

뒤쪽에서 콩이도 스스로 볶음밥을 볶고 있었다. 참으로 대단한 돼지(?)였다.

민혁이 현란하게 볶음밥을 볶은 다음에 불판 위로 펼쳐놨다. 그리고 불을 가장 세게 틀었다.

타다닥타다닥-

밑부분이 익는 소리.

[지금 불을 끄시면 가장 좋습니다.]

민혁은 때맞춰 불을 껐다. 그리고 이번엔 자신의 볶음밥을 했다. 이번에도 역시 밑부분을 잘 익혀 숟가락을 가져다 박박 긁어봤다.

'헤…….'

거뭇거뭇한 밑바닥을 확인한 민혁이 볶음밥을 수저에 한가득 퍼서 입에 가져갔다.

"너무너무 맛있다."

"꾸-울!"

"나도 맛있구나!"

셋의 함께하는 즐거운 식사!

그리고 모두 먹은 후. 쥬이스는 부른 배에 숨이 차오르는 걸 느꼈다.

아직 끝이 아니다. 콩이가 제스처를 취했다.

"꿀꿀꿀."

잔을 따르는 흉내! 민혁은 그 의미를 알았다.

민혁이 사이다를 꺼냈다. 사이다를 꺼내자 콩이가 조막만한 손으로 야무지게 수저를 집어 퐁! 소리를 내며 열었다.

"오."

짝짝.

민혁이 작게 손뼉을 치자 씨이익 웃은 콩이가 세 개의 잔에 사이다를 따라줬다. 그리고 하나를 민혁, 하나는 쥬이스, 또하나는 자신의 앞에 놨다.

"꿀꺽꿀꺽 꿀꺽."

시원하고 청량한 사이다를 들이켠 쥬이스 신! 그녀는 '후아, 살겠다'라는 표정을 지었다.

그리고 사이다를 들이켠 콩이가 꿀! 하는 감탄사를 토했고 주인 민혁도 캬 하고 감탄했다.

쥬이스가 고개를 끄덕였다.

'난 정말 만족했어…….'

랄드의 요리에 무척 실망했지만, 이 앞의 요리사가 만들어 준 요리는 정말 최고였다. 그녀는 고개를 끄덕였다.

심지어 그의 요리를 먹은 후, 그녀는 알림을 들었다.

[당신만을 위한 레시피로 만든 요리를 드셨습니다.]

[한 달 동안 당신만을 위한 레시피로 만든 음식을 먹을 수 없습니다.]

[버프 유지 기간 동안 다른 버프를 중복해서 받으실 수 없습니다.]

[닭갈비]

[60일 동안 쥬이스 신의 축복이 6 상승, 신성력이 두 배가 됩니다.]

그녀의 눈이 크게 떠졌다. 버프 또한 놀랍지 않은가?

그리고 그때 민혁은 한 번 만족도를 확인해 보기로 했다. 쥬이스는 말 그대로 신이다. 발렌, 로크, 크로우. 그들과 견줄 수 없을 정도의. 과연 몇 프로나 올랐을까?

"……!"

확인해 본 민혁은 깜짝 놀랄 수밖에 없었다. 단숨에 33%가 올랐다. 거기서 끝이 아니었다.

[콩이가 진화합니다.]

전설 요리를 먹은 콩이! 녀석의 경험치가 대폭 상승해 또다시 두 번이나 진화한 것이다.

역시나 전처럼 허공에 두둥실 날아오른 콩이의 몸에 밝은 빛이 맺혔다.

'이번엔 변화가 좀 있으려나?'

그리고 이어 밝은 빛이 걷어졌을 때.

"꾸울!"

"……똑같네."

콩이는 변한 게 전혀 없었다.

민혁은 턱을 느리게 쓰다듬었다.

'그래, 어쩌면 콩이가 성장한다면 더 큰 돼지가 될지도 몰라.'

차라리 아기 돼지의 외형이 나을지도 몰랐다.

민혁은 콩이의 상태창을 열람했다.

(콩이)

등급: ???

종류: 펫

레벨: 5

공격력: 514

방어력: 3,541

하루 소환 가능 시간: 4시간

소환 대기시간: 20시간

특수 능력:

- 명약이 근처에 있다면 바로 감지해 낸다.
- 펫 소유자 공격력 13% 상승
- 펫 소유자 방어력 8% 상승
- 패시브 스킬 보호 본능
- 아티팩트 두 개 착용 가능

성장 조건:

- 주인이 맛있는 걸 먹을수록 경험치가 올라가 진화한다.

잠재력: 184

경험치: 32%/100%

변한 것을 따지자면 공격력이 300 정도 상승했고 방어력이 200 정도 상승했다. 거기에 하루 소환 가능 시간 2시간이 늘어났으며, 펫 소유자의 방어력 8% 상승 버프를 소환한 시간 동안 받는다.

가장 놀라운 것은 바로 이것.

'아티팩트 두 개 착용 가능.'

가끔 펫이 아티팩트를 착용할 수 있다는 말은 민혁도 들어 본 적이 있었다.

고개를 끄덕인 민혁이 쥬이스를 바라봤다. 그녀는 허공을 향해 손을 휘저었다.

그 순간 알림이 들렸다. 북부 대륙에 내려졌던 재앙이 걷히고 이제부터 한달 동안 아이템 드랍률, 경험치 획득률 25%가 상승한다는 놀라운 내용! 잠깐의 재앙이 지나갔지만 유저들은 열렬히 환호할 것이다. 25% 상승은 말 그대로 이벤트가 된 셈이다.

그리고 민혁에게 퀘스트 완료 알림이 들렸다.

[왕국 퀘스트 '쥬이스 신에게 전설 요리를 만들어줘라!'를 완료했습니다.]
[S급 재료로 만든 초밥을 드실 수 있습니다.]
[쥬이스 신으로부터 바라드의 잔을 얻을 수 있습니다.]

파하앗!

그 순간, 쥬이스의 앞에서 밝은 빛이 터져 나왔다. 그 빛은 매우 강렬했다.

곧이어 빛이 걷어지며 모습을 드러낸 것은 황금색의 커다란 잔이었으며 그 안에는 물이 담겨 있었다. 크기는 정확히 냄비 정도였다.

"흐흐흐!"

"……?"

쥬이스는 그 잔을 보며 웃는 민혁을 보며 고개를 갸웃했다.

'왜 잔을 보면서 목울대를 움직이지?'

고개가 갸웃한 쥬이스가 바라드의 잔을 민혁에게 건넸다.

[신의 보물 중 하나인 바라드의 잔을 획득합니다.]

'아싸, 크기도 딱 내가 원하는 크기구나. 이걸로……!'

<u>ㅎㅎㅎ!</u>

초밥과 찰떡궁합인 것을 하리라!

"감사합니다, 쥬이스 신님! 복 받으실 거예요!"

꾸벅 절을 하는 민혁을 본 쥬이스는 작게 웃었다.

"아직 너에게 주려는 선물은 끝나지 않았다."

"……?"

그리고 민혁은 그 말에 고개를 갸웃했다. 자신은 이미 퀘스트 보상을 모두 받았기 때문이었다.

[쥬이스 신의 만족도가 최고치에 달했습니다.]

특별 유저 관리팀의 박민규 팀장이 보았던 알림이었다.

쥬이스 신은 지금 무척이나 흡족해하고 있었다.

그 자리에는 무척이나 많은 사람이 있었다. 그 이유는 하나!

그들 또한 아이리스와 민혁 유저 중 어느 쪽에서 퀘스트를 깰 지 궁금했기 때문이다.

그중 박민규 팀장과 이민화 사원은 마음속으로 열렬히 민혁을 응원했다.

'우리가 아이리스 길드에서 한 일 때문에 며칠을 고생했는데!'

아이리스 길드에서 애초에 자작극을 펼치지 않았던가? 그 자작극 때문에 발발한 재앙. 그 재앙에 당연히 특별 유저 관리팀이나 혹은 다른 부서의 팀들도 몇 날 며칠을 퇴근하지 못하고 있었다.

한데, 그것을 정작 아이리스에서 해결하지 못하고 민혁이 해냈다. 그가 이렇게 예뻐 보이긴 처음이었다.

"문제로군."

강태훈 사장이 말했다.

"쥬이스 신은 너무나도 자유로운 신."

신들의 경우 일반 NPC들보다 할 수 있는 범위가 훨씬 자유로운 편이다. 무엇을 주냐, 무엇을 올려주냐, 무슨 저주를 주냐. 모든 것이 훨씬 더 자유롭다. 그 때문에 더 문제였다. 최고로 만족한 쥬이스 신. 그녀가 설마 민혁에게 추가적인 보상을 줄까?

사실 그가 얻은 바라드의 잔 또한, 명약은 비교도 안 되는 엄청난 힘을 가진 녀석이다. 추정 가격 또한 수십억 원에 달한다.

이제 아테네는 단순히 게임의 정도가 아니다. 사람들의 일상이 되어가고 있다. 희소성 있는 것을 위해 세계의 돈 많은 부호들은 수억, 수십억을 들여서라도 좋은 아티팩트를 구매하는 게 현실 아닌가.

추정 값어치가 수십억이지만, 희소성과 다른 사람들끼리의 낙찰 경쟁을 생각한다면 경매장에 올렸을 시 두 배 이상을 창출할지도 모른다는 거다.

그리고 그때 쥬이스 신이 말했다.

[아직 너에게 주려는 선물은 끝나지 않았다.]

우려했던 목소리가 쥬이스 신에게서 흘러나왔다.

곧이어 쥬이스의 손에 나타난 것. 그것을 본 강태훈 사장이 눈을 크게 떴다.

"판도라의 투구!!"

"헉!"

그에 제작팀에서도 깜짝 놀란 목소리가 튀어나왔다.

박 팀장과 이민화는 고개를 갸웃했다. 각자 맡은 분야가 있기에 특별 유저 관리팀의 이민화와 박 팀장은 그 아티팩트에 대해 몰랐다. 그리고 실제로 아테네에 존재하는 아티팩트는 수억 개를 넘기 때문에, 사실 제작팀조차도 그 아티팩트를 몰라 정보를 찾는 경우가 허다했다.

"저게 그렇게 대단한 건가요?"

"대, 대단하고말고. 돈 있어도 절대 못 사는 아티팩트지, 그리고 전설이야"

"……!"

그 말에 이민화와 박 팀장은 깜짝 놀랐다.

곧 박 팀장이 한숨을 턱 뱉었다.

"아니, 혼자 전설 아티팩트 세 개를……"

"어떻게 보면 네 개죠."

헤파스의 전설의 프라이팬, 불멸의 갑옷, 그리고 지금 얻은 판도라의 투구와 이제 판매하게 될 루마드의 마귀대검까지. 실질적으로 민혁은 루마드의 마귀대검을 팔아서 전설 아티팩트의 값을 그대로 가져가게 되는 셈.

"또 표정이……"

강태훈이 중얼거렸다. 계속 태훈은 모니터를 주시하고 있었는데, 민혁은 자신에게 주어진 투구를 받고는 멀뚱멀뚱 내려다보다가 답했다.

[감사합니다. 잘 쓸게요. 행복하세요!]

"컥!"

"커헉!"

그들이 놀라는 이유. 민혁의 표정이 '뭐, 템 하나 얻었나 보다.' 하는 표정이었기 때문이다!

그다음 민혁은 다급하게 몸을 돌리려고 했다.

"감사합니다. 잘 쓸게요. 행복하세요!"

"자, 잠깐……!"

쥬이스는 당황했다.

'잠깐, 뭐지?'

분명히 그녀는 민혁에게 고마웠다. 일 년에 한번 먹는 음식! 그 음식이 너무도 맛있었기 때문이다. 그래서 보답하려고 투구를 건넸다. 근데 민혁은 뚱한 표정을 지으며 그것을 내려다봤다.

'에이씨, 먹을 거로 주지!'

그 속내를 알았다면 쥬이스는 자지러졌을지도 모른다.

산물을 줬으니 쥬이스에게 고맙기는 했다. 그러나, 지금 그는 서둘러 가야 할 곳이 있다.

피부가 썩어 들어가고 있다던 랄드! 그도 치료했을 터. 그렇다면 초밥을 먹을 수 있다는 말! 그에 다급하게 움직이려 했는데, 쥬이스가 또 잡았다.

그는 서둘러 고개를 돌렸다.

"왜 그러시죠?"

"아, 아니…… 그, 그거 확인은 해봤니?"

"에이, 나중에 시간 날 때 하면 되죠."

"시, 시간 날 때?"

쥬이스는 순간 다시 뺏고 싶었다. 하지만 이미 준 것을 어쩌겠는가?

"기쁘지 않으냐? 신인 내가 너에게 고마움을 느껴 또 다른 선물을 내렸으니."

쥬이스는 자신이란 존재를 부각시켰다. 그에 민혁은 뚱하게 바라보다 영혼 없는 목소리로 말했다.

"아~주우 대단한 선물을 받았어요, 아, 정말 해앵복하다아!"

"……"

"근데 제가 바빠서요. 정말 바쁘거든요?"

"어, 으, 응? 그래도 한번 확인해 보는 게 좋지 않을까?"

이젠 거의 쥬이스가 확인해 달라고 말할 정도였다. 그 말에 민혁은 '아이참, 신이라는 분이. 정말 바빠 죽겠는데!' 하면서 확인해 봤다.

(판도라의 투구)

등급: 전설

제한: 지능 200, 지력 200, 신성력 400

내구도: 10,000/10,000

방어력: 741

특수 능력:

- 신성력 두 배
- 모든 스킬 쿨타임 20% 감소
- 스킬 사용 시 모든 MP 사용량 20% 감소
- 스킬 신을 향한 찬양

설명: 쥬이스가 과거 사용했던 투구로써 엄청난 신성력을 품고 있는 투구이다, 투구에는 갖가지 무궁무진한 힘이 숨겨져 있다.

곧바로 스킬도 확인해 봤다.

(신을 향한 찬양)

아티팩트 스킬

레벨: 없음

소요 마력: 500 / 쿨타임: 1주

사용 시 페널티: 5대 스텟-2

효과:

　•찬양한 후에 30분 동안 스킬 사용자가 가진 신성력을 한 사람에게 적용시킬 수 있으며 상대방이 가진 신성력은 없는 것으로 간주된다.

설명: 5대 스텟 2를 제물로 바쳐 신을 찬양하며, 상대방에게 자신이 가진 신성력 스텟의 힘을 똑같이 한다.

나쁘지 않은 스킬이다.

스텟 2를 전부 소모하는 대신에 30분 동안 상대방이 자신과 동일한 신성력 스텟을 보유하게 되는 거다. 쥬이스가 확인해 달라고 한 이유가 있구나.

"확인했습니다. 수고하세요!"

그리고 예의 바르게 꾸벅 고개를 숙인 민혁은 나가 버렸다.

생각보다 기뻐하지 않는 모습에 쥬이스가 중얼거렸다.

"다시 재앙 내릴까……?"

랄드는 썩어 들어가던 몸에 따뜻한 빛이 스며들어 와 씻은 듯이 나은 걸 확인할 수 있었다.

'그 이방인이 정말 해냈어……'

엄청난 자다. 자신 또한 한 번도 만들어내지 못한 전설 요리. 그 요리를 해낸 이방인이라니?

그리고 발렌께서는 얼마 전 오셔서 약속을 전했다.

'S급 재료를 이용한 초밥을 대접해 주기로 했네.'

그에 랄드는 고개를 끄덕였다.

왕국을 위해 노력해 준 그! 이젠 자신이 보답할 때다.

그때. 똑똑똑 하고 노크 소리가 들렸다.

"계신가요오오?"

"……누구신가요?"

"저는 민혁이라는 이방인입니다."

'아……!'

그 사람이다. 전설 요리를 만들어낸 놀라운 요리사!

"들어오셔도 됩니다."

안으로 들어온 그는 기대감에 가득 찬 표정으로 랄드를 바라봤다. 눈빛이 초롱초롱하다. 그리고 웃음이 가득하다.

"안녕하세요? 몸은 좀 괜찮아지셨나요?"

"아, 네."

랄드가 몸을 일으키자 서둘러 다가와 부축했다.

"초밥을 대접하기로 전하께서 약속하셨다고요."

"그렇습니다. 하지만 이제 막 몸이 좋아지셨을 텐데, 괜찮아요! 정말 괜찮아요, 제가 지금 배가 고파 죽을 것 같긴 한데, 괜찮습니다. 또 원래 초밥 먹기로 한 건 훠어어어얼씨이인 오래전이었는데, 정말 괜찮습니다! 진짜 괜찮다니까요?"

"……."

랄드는 그의 표정과 말이 다르다는 걸 알았다. '당장 해주세요! 안 그러면 가만두지 않아요!' 라는 표정.

"……아, 아닙니다. 지체되었으니 바로 식당으로 가시죠."

"아이참, 정 그러시다면. 하하핫, 이거 어쩔 수 없네요. 거절하는 건 좋지 않죠."

민혁은 한 번의 거절도 없이 바로 승낙했다. 그러면서 슬쩍 말했다.

"참, 제가 초밥이랑 함께 먹고 싶은 게 있어서 쥬이스 신께 냄비도 얻어왔거든요. 혹시 그 재료가 있을까 해서……."

쥬이스 신께 냄비를 얻어왔다? 신께서는 냄비도 가지고 계신 건가?

"그렇습니까? 혹시 드시려는 요리가 무엇인지 알 수 있을까요?"

랄드의 물음에 민혁이란 이방인은 상상만 해도 기분 좋다는 듯 해맑게 웃으며 말했다.

"샤브샤브요!"

"샤브샤브라……."

랄드는 그 말에 작은 미소를 지었다. 샤브샤브와 초밥은 의외로 궁합이 좋다. 샤브샤브의 국물은 시간이 지날수록 탁해 보이는 색을 띠지만 갈수록 국물이 더 진한 맛을 낸다.

민혁은 근래 초밥 뷔페에서 샤브샤브를 함께하는 경우를 자주 봤다.

'초밥을 먹어주다 샤브샤브 국물을 한번 떠먹으면? 크으!'

감탄사가 절로 나오지 않던가.

"재료는 충분합니다. 대신에 S급 재료는 힘들 것 같습니다. 초밥 같은 경우는 이 옆쪽이 용왕의 바다이기에 재료 구하기가 쉬운 편이지만, 샤브샤브의 재료는 대부분 채소 위주니까요."

"그 정도면 괜찮아요. 재료 구해주시는 건가요?"

"물론입니다."

"우와!"

민혁은 진심으로 감탄했다.

랄드는 빙긋 웃었다.

'참, 좋은 사람이구나.'

랄드는 생각했다.

사실 자신의 마음 같아서는 뭐든 해주고 싶었다. 전설의 요리사라고는 하지만 자신이 해줄 수 있는 게 크게 없다. 고작 맛있는 요리를 해주는 게 다일 뿐. 재료의 등급 또한 좋지 않다는 걸 말했음에도 사내는 무척이나 행복해했다.

"이쪽으로 오시죠."

"네."

그를 따라 움직이던 민혁이 부들부들 몸을 떨었다.

"헉……!"

민혁은 깜짝 놀랄 수밖에 없었다.

왕궁 내에 존재하는 식당은 마치 일본에 온 것만 같은 모습이었다. 그리고 일반 초밥집처럼 다소 어두운 분위기에 테이블이 바의 형태로 되어 있었다.

"발렌 전하께서도 초밥을 좋아하셔서요. 잠시만 앉아 계십시오."

잠시 나갔다가 들어온 랄드는 재료들을 한 움큼 가져왔다.

"저도 집에 이런 분위기의 식사 공간을 만들고 싶네요."

랄드는 빙긋 웃어주곤 샤브샤브 재료 손질을 준비하려 했다. 하지만 그 순간.

"잠시만요!"

"예?"

"그 죄송한데요?"

"네."

"저 잠시 나갔다 들어올 테니까, 들어올 때 이랏샤이마세! 한 번만 해주세요."

"어, 음……? 왜, 왜요?"

랄드는 당황했다.

"그래야 더 맛있게 먹을 수 있을 것 같거든요."

그는 착한 사람 같았다.

"그래야, 더 맛있을 것 같아서요……?"

"네! 제발 해주세요! 제발! 한 번만요!"

"……."

분명 착한 사람 같았다.

민혁이 서둘러 밖으로 나갔다가 안으로 들어왔다. 그러면서 하는 말.

"여기 이런 초밥집도 있었네? 오, 분위기 좋다."

"이, 이랏샤이마세!"

그는 착한 사람인데, 이상한 사람 같았다.

민혁은 마치 처음 보는 사람처럼 말했다.

"사장님 안녕하세요."

"네…… 안녕하세요……."

"여기 처음 와보는데 식당 분위기 좋네요."

"그, 그렇죠? 가구 배치에 신경 좀 썼습니다. 하하하……!"

"저는 음…… D 코스로 하겠습니다. 오, 여기 샤브샤브도 있어요? 이것도 주세요!"

"네, 알겠습니다."

랄드는 샤브샤브 재료를 손질했다. 그러다 멍해졌다.

'내, 내가 방금 뭘 한 거지……?'

고개를 흔든 랄드가 민혁의 앞으로 채소들을 한가득 내려놨다.

채소는 숙주나물, 배춧잎, 청경채, 적근대, 새송이버섯, 팽이버섯, 느타리버섯이 있었다. 그리고 한쪽엔 신선해 보이는 반으로 잘린 꽃게와 새우, 얇은 소고기가 있다.

민혁은 딸칵딸칵- 일회용 버너를 켜 그 위로 샤브샤브용(?) 냄비를 올렸다.

'오, 냄비를 올리셨나 보군? 쥬이스 신께서 냄비를 주셨다고?'

초밥을 준비 중이던 랄드의 고개가 조심스레 올라갔다. 그리고 그의 손이 우뚝 멈췄다.

"히히! 미리 끓여놨던 육수우~"

그리고 앞에 있는 사내는 그 냄비(?) 안에 이미 들어 있던 물에 자신이 진하게 끓여놨던 샤브샤브 육수를 섞어서 끓이기 시작했다.

랄드의 몸이 부들부들 떨렸다.

"그, 그거 설마…… 바라드의 잔은 아니겠지요?"

"맞는데요?"

"커허억!"

랄드는 순간 다리에 힘이 풀려 쓰러질 뻔했다.

"바라드의 잔에 있는 물은 신비한 힘이 있다죠. 이걸로 샤브샤브를 먹으면 캬!"

"아, 아니, '캬!'가 아니라 '컥!'인 것 같은데."

"어째서죠?"

"바, 바라드의 잔은 왕국에서도 전설 속에 내려오는 신의 보물입니다. 그 신성한 것을……."

"신성한 것으로는 육수를 끓이면 안 되나요? 잘 들어보세요. 이 물은 더 맛있겠죠?"

랄드는 끄덕였다. 확실히 그래도 일반 물보단 맛있을 거다.

"여기에 채소를 넣고 푹 끓여요, 육수가 우러나고 샤브샤브 고기를 담가 먹어요, 그러면 어떨 것 같아요?"

"크! 맛있…… 아니, 아니! 그게 아니죠!"

"다 먹고 살자고 하는 거, 맛있으면 된 거죠."

"……"

민혁은 자신의 완벽한 이론에 고개를 끄덕거리고 있었다.

그는 착한 사람이었다. 또한 이상했으며, 지금 보니 좀 미친 놈 같기도 했다. 랄드는 한숨을 푹 쉬며 초밥을 준비했다.

민혁은 샤브샤브에 각종 채소를 가위로 잘라서 넣었다.

부글부글 끓는 샤브샤브에 수저를 가져다 한 숟가락 먹어본다.

"후! 후!"

입김으로 식힌 후에 입으로 가져다 봤다.

"아직 더 끓여야겠네."

그러면 국물을 먹기 전에 뭘 해야 하느냐? 간단하다.

얇게 썰려 있는 고기를 팔팔 끓는 육수에 담갔다. 그러자 붉은빛 소고기가 순식간에 익었다. 단숨에 건져냈다.

샤브샤브를 찍어 먹을 소스로는 겨자, 땅콩, 칠리 등이 있다. 민혁은 개인적으로 칠리에 찍어 먹는 걸 좋아했다.

먼저 건져낸 고기. 처음은 그냥 먹어봤다.

"와, 부드러워, 녹는다, 녹아!"

"……"

초밥을 만들던 랄드가 흘끗 바라봤다.

민혁은 이번엔 채소를 건져 올렸다. 그 채소는 팽이버섯, 숙주나물, 배춧잎이었다. 조금씩 접시 위로 덜어내고, 거기에 소고기를 덜어냈다. 그다음 젓가락으로 한 번에 집어 들었다. 저 채소들은 지금 푹 익혀져 육수를 그대로 흡수했을 터다.

'씹으면 육수가 입안에 퍼지겠지.'

그리고 저 밋밋한 맛을 칠리소스가 잡아줄 거다.

민혁은 칠리소스에 찍었다. 그러곤 입으로 가져다 먹었다.

"캬하! 맛있다!"

"크하! 맛있겠……"

"……?"

"……"

랄드는 자신도 모르게 감탄사를 터뜨렸다가 서둘러 초밥을 만드는 척했다.

민혁이 샤브샤브를 먹으며 물었다.

"솔직히 말해봐요. 바라드의 잔으로 끓이는 샤브샤브 먹어 보고 싶죠?"

랄드는 갈등했다. 그렇다고 하면 한 입 줄까? 국물이라도 한 수저? 아니, 어찌 그래도 저 바라드의 잔으로 샤브샤브를 먹는 단 말인가! 자신은 절대 그런 사람이 아니다!

"네."

"……제 마음을 이해하시는군요!"

"저어, 그럼……."

"넵, 맛있게 먹을게요!"

"……."

랄드는 슬퍼졌다. 마지못해 권하면 먹기라도 할 수 있겠건 만 차마 직접 달라고 할 순 없었다. 그가 눈물을 머금고 모듬 초밥을 완성했다.

나무판에 올라간 모듬 초밥이 민혁의 앞에 내어졌다.

"와, 이 싱싱한 빛깔들……."

초밥들에 올라가 있는 횟감들이 모두 오동통하다.

가끔 어떤 초밥들은 밥과 초밥의 비율이 일대일인 어이없는 경우도 있다. 그에 반해, 랄드의 초밥은 정말 풍족해 보였으며 총 10개가 나왔다.

먼저 광어 초밥을 집어 들었다. 하얀 빛깔의 광어 초밥은 마치 꼬리처럼 광어가 길쭉하게 올라가 있다. 또한, 광어 초밥의 광어의 부위는 지느러미인데, 쫄깃한 맛이 인상적이다.

민혁은 간장에 고추냉이를 풀었다. 그다음 콕콕 찍어서 입 안에 넣어봤다. 씹는 순간 고추냉이 향이 퍼진다. 그러면서 쫄 깃쫄깃하고 담백한 광어의 맛이 느껴지고 단맛을 내는 밥알이 씹힌다.

민혁의 입가에 미소가 번졌다.

"와, 살다 살다 이렇게 맛있는 광어 초밥은 처음이다."

그가 감탄할 때였다.

[전설의 요리사가 만든 광어 초밥을 드셨습니다.]

[손재주 20을 획득합니다.]

민혁은 흐뭇한 미소를 지었다. 맛도 좋고 능력치도 올려주고!

이번엔 바로 연어다. 연어는 씹으면 부드럽고 풍부한 맛이 있다. 꽤 기름진 맛이지만 고추냉이가 그 맛을 잡아준다. 입에 넣고 씹자 마치 녹듯이 입안에서 사르르 사라지는 연어 초밥!

[전설의 요리사가 만든 연어 초밥을 드셨습니다.]

[레벨업 하셨습니다.]

[레벨업 하셨습니다.]

그다음엔 참치 초밥. 참치 초밥에 올라가는 참치 뱃살은 참치에게서 얻을 수 있는 최고의 재료 중 하나이다. 참치 초밥 위로는 민혁이 따로 고추냉이를 올렸다. 그리고 고추냉이 장에 푹 찍어 먹어봤다.

　"크으~ 코 찡!"

　코로 올라오는 매운 향. 눈물이 날 것처럼 괴로웠지만 기분 좋은 맛이다. 이 맛이 좋아 고추냉이를 초밥에 듬뿍 발라 먹는 사람도 있으니.

　[전설의 요리사가 만든…….]
　[명성 40을 획득합니다.]

　그다음 계란 초밥. 계란 초밥은 가장 간단한 초밥이지만 이 계란의 맛에 따라 실제로 그 요리사의 실력이 좌우된다고 한다.

　계란 초밥을 입으로 가져갔다. 폭신폭신한 식감이다. 씹는데, 달콤한 맛이 입안 가득 퍼져 흐뭇한 미소가 지어진다.

　민혁은 히죽 웃었다.

　[전설의 요리사가 만든…….]
　[마법 방어력 30을 획득합니다.]

그리고 이어진 장어 초밥과 사시미 초밥, 토치로 구운 와규 초밥까지! 민혁은 모두 먹은 후에 흡족한 미소를 지었다.

초밥들은 먹을 때마다 중복 경험치가 오르기도 했고 역시 중복적으로 명성이나 손재주가 오르기도 했다. 총합하자면. 레벨업을 4번 했고 명성 80을 획득했으며 손재주 80과 마법 방어력 100을 획득했다. 거기에 물리 공격력 80의 상승 효과까지! 맛도 좋았으니 흡족할 만했다.

그러다 드는 의문.

'그러고 보니 이제 손재주 스텟 특혜 알림이 없네?'

항상 들렸던 알림이다. 그의 손재주 스텟은 이제 1,401이 되었다. 근데 1,400을 달성해도 알림이 없었다.

'혹시 1,500을 달성하면 얻으려나?'

그가 고개를 갸웃했다가 생각을 떨쳤다.

'이 바보야, 음식 앞에서 무슨 생각을 하고 있는 거야!'

아직 그의 먹방은 끝나지 않았다는 거다. 또한, 바라드의 잔의 힘은 샤브샤브를 모두 먹어치워야 효과를 볼 수 있을 터.

'게다가 샤브샤브 마지막에 넣어 먹는 쌀국수와 남은 국물로 만들어 먹는 죽이 남아 있지!'

그가 쌀국수 면을 샤브샤브에 넣었다.

지니와 로크, 칸은 말문을 잃을 수밖에 없었다.

"미친…… 세계 유저들 수준이 이 정도라고……?"

"와, 진짜 미쳤는데?"

"이걸 어떻게 깨나?"

그들은 하루에 다섯 번 공략할 수 있는 타임 어택 던전을 도전 중이었다.

이번 타임 어택 던전은 세계가 모두 참여한다! 그 때문에 세계도 이 타임 어택 던전을 깨기 위해 고군분투 중이었다. 그리고 지니와 칸, 로크 등은 이번에 버프 효과를 톡톡히 받은 로크로 인해 자신들이 5위권 안에는 걸칠 수 있을 거라 생각했다. 하지만.

[대한민국 레전드 팀: 1시간 19분 56초. 순위: 21위.]

"……."

택도 없었다. 자신들이 생각했던 것보다 세계엔 엄청난 강자들이 많다는 증거였다.

그리고 지니의 시선이 1위로 향했다.

[미국 블랙스완 팀: 59분 38초. 순위: 1위.]

자그마치 20분의 격차였다. 20분의 격차는 똑같은 던전을 반복 공략한다고 보면 엄청난 차이였다.

100m 달리기를 해봐라. 못하는 사람과 잘하는 사람이 뛰어도 고작 길어야 3~4초 차이가 난다. 한데, 지금 던전 공략이 20분 차이가 난다. 심지어 2위도 1시간 7분 정도가 걸리며 1위와 2위의 격차도 큰 편.

칸은 지니를 보며 입을 열었다.

"지니, 그러고 보니까. 블랙스완 길드면 길드원 중에 바베카 신의 아이 줄리안이 있잖아."

"……아!"

지니가 놀란 표정을 지었다.

바베카 신의 아이 줄리안은 엄청난 신성력을 보유하고 있다. 신성력이 100이 될 때마다 보통 언데드와의 싸움에서 추가 대미지가 붙는다. 심지어 줄리안의 경우 신성력을 극대화시키는 능력을 파티원에게 걸 수 있다.

"듣기론 신의 아이 줄리안의 신성력이 1,300이래."

신성력 1,300. 이는 어마어마한 수치였다.

신성력은 손재주 스텟과 같은 스텟. 보너스 포인트로 올리기도 힘들었다. 게다가 신성력을 올리기 위해선 많은 걸 해서는 안 된다. 욕설, 육식, 등 다양한 편인데, 무척 끔찍하다. 그런 신성력이 1,300이라? 엄청난 수치다.

"아씨, 우리도 신성력 높은 애 섭외해야 하나?"

"아니, 아무리 높아도 줄리안에 견주는 건 말이 안 되지. 우리가 지금 당장 필요한 건 하나야."

"뭔데?"

로크와 칸이 동시에 지니를 바라봤다.

"칸과 내가 민혁이의 버프 요리를 먹는 거야."

"확실히…… 믿을 건 그것밖에 없네."

둘 다 먹으면 아마도 대폭 단축이 가능할 터. 5위권 진입도 불가능은 아니다.

'하지만 이건 일시적인 힘……'

즉, 본래 자신들의 힘이 아니다.

세계의 벽이 얼마나 높은지 새삼 지니는 깨달았다.

민혁은 샤브샤브에 죽까지 끓였다. 샤브샤브의 남은 국물로 밥을 넣고 끓이다가 계란을 휘휘 둘러 끓인 죽! 그 죽까지 모두 먹어치우는 순간. 그에게 알림이 울렸다.

[바라드의 잔의 성수로 만든 샤브샤브를 드셨습니다.]

[식신의 위대함]

[명약 페널티를 무시합니다. 단, 이는 여러 명이 효과를 볼 수 없습니다.]

[명약. 그 이상의 요리. 추가 스텟을 획득합니다.]

[신성력 400을 획득합니다.]

[바라드의 잔의 축복에 따라 영구적으로 신성력 스텟 획득률이 두 배 상승합니다.]

[언데드 몬스터에게 20%추가 대미지를 입힐 수 있습니다.]

'호오? 신성력이라…….'

신성력 스텟. 버프나 혹은 언데드를 향한 추가 대미지에 영향을 끼치는 스텟이다. 이 신성력 스텟은 일반 사제들도 좀처럼 높게 가지고 있긴 힘들다. 얻는 방법이 까탈스럽기 때문.

'육식을 하면 안 된다지?'

세상에! 그런 말도 안 되는 방법이 있나! 신성력 스텟을 얻기 위해서는 이처럼 까탈스러운 방법이 많기에 사실상 신성력 스텟을 높게 보유한 유저는 드물다. 그만큼 혜택도 큰 편이었고.

다 먹은 후, 민혁은 보로토에게 받아왔던 공청 석유 퀘스트를 떠올렸다.

"랄드 님."

"네."

"혹시 공청 석유에 대해서 아시나요?"

랄드는 그 물음에 다소 놀란 표정이었다.

"북부 대륙 사람이 아니신데, 공청 석유에 대해 알고 계시다니."

"제가 보로토라는 분한테 공청 석유를 얻어달라는 부탁을 받았거든요."

"오호, 보로토요. 기억납니다."

랄드는 고개를 끄덕였다.

"공청 석유는 땅속 깊은 곳이나 혹은 바닷속처럼 사람이 들어가기 아주 힘든 위치에서 한 방울씩이 떨어져 많은 양이 되는 신비한 물입니다."

민혁은 고개를 끄덕였다.

"하지만 현재로써는 공청 석유를 얻을 방법을 저 또한 알지 못합니다."

"……에?"

민혁은 깜짝 놀랄 수밖에 없었다. 랄드가 모른다니?

"공청 석유는 지하 깊은 곳에서도 매번 위치가 바뀝니다. 예전에는 발키리 왕국에서 빈번하게 찾아볼 수 있었지만, 지금은 아닙니다. 저도 못 본 지 몇 년이 지났군요."

"그, 그럴 수가……!"

민혁은 낙심할 수밖에 없었다. 탄산이 톡톡 쏘는 공청 석유! 그걸 찾기 힘들다니!

민혁이 크게 실망한 기색을 보이자 랄드가 말했다.

"하지만 그 존재라면 알고 있을지도 모르지요."

"그 존재라면……?"

민혁이 물었다. 힌트, 힌트가 있을지도 모른다!

"바로 용왕님이십니다."

"호오?"

용왕. 쉽게 표현하면 바다의 왕이다.

발키리 왕국에서 멀지 않은 곳에 용왕의 바다가 존재한다. 또한, 이 용왕의 바다는 이제까지 국내 유저들에게 발견되지 않은 신비한 것들이 많이 있을 것으로 추정된다.

민혁은 그렇지 않아도 바다로 가야 했다. 엘레의 퀘스트를 진행하기 위함이다. 게다가 그 이유가 아니어도, 바다엔 먹을 수 있는 맛있는 것들이 너무나도 많았다.

'꽃게, 새우, 조개, 광어, 우럭, 굴까지!'

숫자를 헤아릴 수 없을 정도다.

"하지만 용왕님을 만나기는 매우 쉽지 않은 일이지요. 그는 바다의 왕. 바다 깊숙한 곳에 그가 살고 있을 겁니다. 그리고 혹시나 하는 말이지만, 그에게는 세 명의 아이가 있습니다."

"세 명의 아이요……?"

"그 셋의 힘은 엄청납니다. 하나의 아이는 페를 경과 견주어도 손색이 없을 정도죠."

민혁은 그 말에 고개를 끄덕였다. 페를은 루마드와 견주는 실력자다. 그것을 생각한다면 엄청난 강자였다.

"혹여 그들과 마찰이 생긴다면 피하십시오."

[히든 퀘스트: 용왕 만나기!]

등급: S

제한: 랄드와의 만남

보상: 보로토의 버프 요리

실패 시 패널티: 보로토와의 친밀도 하락

설명: 힘들게 만나게 된 전설의 요리사 랄드! 그의 말에 따르면 공청 석유의 힌트를 아는 자는 용왕님뿐일 것이라고 했다. 용왕님을 만나라!

바다. 기대되는 곳이다.

고개를 끄덕인 민혁은 랄드에게 인사를 하고 그곳을 나섰다. 그리고 바다로 나갈 준비를 하기 시작했다.

먼저 낚싯대와 미끼를 구매했고, 물속 안에서도 숨을 쉬게 도와준다는 발키리 왕국의 특산품 중 하나인 '도리토'의 풍선껌도 구매했다.

"오, 이 풍선껌 진짜 맛있네요."

민혁은 발키리 왕국을 구한 영웅으로 분류돼서 10% 싼값에 구매할 수 있었다.

질겅질겅 껌을 씹자 알림이 들렸다.

[물속에서 1시간 동안 숨을 쉴 수 있습니다.]

"퉷!"

단물이 빠지자 휴지에 뱉어낸 민혁은 그대로 또 다섯 개를 까서 입에 넣었다.

[물속에서 1시간 동안 숨을 쉴 수 있습니다.]

"퉷!"

도리토 풍선껌을 판매하는 상인은, 민혁이 계속해서 껌을
뱉고 씹자 황당한 웃음을 흘렸다.

"하, 하나에 5만 골드씩 하는 그 비싼 것을 왜 그렇게 낭비
하나요?"

"단물 빠지면 맛없잖아요!"

"……."

"300개 구매할게요!"

민혁이 도리토 풍선껌을 대량 구매했다.

[콩이가 소환을 요청합니다.]

갑작스러운 일에 민혁은 고개를 갸웃했다.

콩이를 소환하자 짠하고 나타난 녀석이 땅에 내려서더니
갑자기 어딘가로 빠르게 달리기 시작했다.

"응? 어디가, 콩아!"

민혁은 고개를 갸웃하며 콩이를 쫓았다. 이어서 민혁은 볼
수 있었다. 오랜만에 만나는 반가운 얼굴을!

"우와, 대지 똥꾸가 진짜 대지를 데리고 다녀!"

바로 혜민이와 혜민아빠였다.

민혁은 놀란 기색으로 그들에게 다가갔다. 그런데 콩이가 뭔가 이상했다. 자세히 보니 혜민이의 손에 쮸파춥스 사탕이 있었다.

콩이가 서둘러 강아지처럼 앉았다. 그러고는…….

"꾸우우울……."

먹고 싶다는 듯 눈망울을 초롱초롱 빛내며 쮸파춥스를 바라봤다.

"응? 이건 혜민이 거야, 아기 똥꾸야."

혜민이가 홱 손을 뒤로하며 한 말에, 콩이의 눈에 눈물이 그렁그렁 맺혔다. 그러더니 푹 고개를 숙이고는…….

"꾸우우울……."

당장 눈물을 쏟을 것 같은 소리를 뱉어냈다.

혜민이와 혜민아빠. 두 사람은 잠시 그런 콩이를 안타깝다는 표정으로 바라봤다.

'세상에, 이렇게 착하고(?) 가여운 펫이 있나!'

'내 사탕이 아깝지만…… 하나 주까? 너무 불쌍해……!'

곧 혜민이가 주머니에서 꺼낸 사탕 하나를 콩이에게 건넸다. 그러자 시무룩해하던 콩이가 활짝 웃었다. 그러면서 이거 정말 받아도 되냐는 듯 혜민이를 올려보았다.

"먹어도 돼, 아기 똥꾸!"

콩이가 그에 행복한 미소를 지으며 고개를 맹렬히 끄덕이고는 쮸파춥스 사탕을 까서 입에 넣어 먹었다.

'저 사기꾼……'

그리고 민혁은 콩이의 사기꾼 기질을 잘 알고 있었기에 그런 그를 황당하단 표정으로 보았다.

'응? 잠깐, 저렇게 하면……?'

그리고 민혁은 콩이의 놀라운 방법을 알아내고 감탄했다.

"어, 응……?"

"컥?"

혜민아빠가 당혹한 목소리를 흘렸다. 민혁이 조금 전, 콩이처럼 자리에 앉아서 초롱초롱한 눈망울로 혜민이를 올려다보며 소리를 흘렸다.

"꾸우우우울……!"

그리고 그를 따라 했다.

"꾸우우우우울……."

주지 않자 이번엔 고개를 푹 숙이고 울 것 같은 소리를 흘렸다. 중요한 것은 정말 울음기가 찬 목소리였던 것!

사탕을 얻기 위해 똑같이 따라 하는 민혁을 보고 혜민아빠와 혜민이가 말문을 잃었다.

'이, 이분은 여전히 이상하군.'

'대, 대지 똥꾸 이상해……'

혜민이와 혜민아빠의 시선이 마주쳤다.

"헤헤, 진짜 맛있다, 콩아!"

"꾸울!"

[콩이가 행복해합니다.]

사탕을 먹는 두 존재. 민혁과 콩이였다.

혜민아빠는 아주 오래간만의 접속이라고 하였다. 그리고 민혁은 혜민아빠가 레전드의 길드원이라는 사실을 이번에 알게 됐다.

"혜민이는 요새 어때요?"

딸기우유 맛 쮸파춥스를 먹던 민혁이 콩이와 놀고 있는 혜민이를 슬쩍 보다가 물었다.

"많이 좋아졌습니다. 살도 10kg이나 쪘고요. 이제 곧 학교에도 갈 겁니다."

"다행입니다."

민혁은 밝게 웃었다. 본의 아니지만, 자신이 도움을 주었던 혜민이가 크게 좋아지고 있다. 정말 기쁜 소식이었다.

그러다 궁금한 게 생각났다.

"맞다, 저희 콩이가 아티팩트 두 개 착용 가능인데, 혹시 제작 의뢰를 할 수 있을까요?"

혹시 모른다. 콩이의 명약 찾기 기능이 아티팩트에 의해 강화될지도.

"아, 물론 가능합니다."

혜민아빠는 빙긋 웃었다.

"골드 받고요."

민혁은 흠칫했다. 저번과는 다른 미소! 마치 '학생, 싸게 해줄 테니, 여기 와서 사' 같은 얼굴이다.

하긴, 민혁은 이미 그에게 프라이팬이라는 선물을 받지 않았던가.

"그리고 아티팩트 재료가 있어야 하는데, 가지고 계신 거 있나요?"

그 말에 민혁은 곰곰이 떠올려 봤다.

자신이 가진 아티팩트 재료라.

'바실리스크의 심장이 있었지?'

SS급 아티팩트 재료인 바실리스크의 심장! 저번에 얻었던 성스러운 가지에 전혀 뒤처지지 않는 재료였다. 그 외의 피닉스의 깃털도 가지고 있었고, 트윈헤드 오우거의 피 등 다양했다. 정말이지 하나같이 엄청난 재료들이 즐비한 것이다.

그리고 그것들을 본 혜민아빠는 경악했다.

"호, 혹시 레벨 몇이십니까?"

"250 좀 넘었어요."

"……"

그는 고개를 저었다. 가지고 있는 재료의 범주가 레벨 250짜리가 얻어선 안 될 것투성이였다.

'근데 이 좋은 재료들로 펫 아티팩트를 만들어도 상관없으려나? 음, 펫 아티팩트 만들만 하군.'

혜민아빠는 민혁의 아티팩트 곳곳에서 느껴지는 힘에 신음을 삼켰다.

갑옷, 망토, 검, 투구, 그리고 자신이 만들어준 프라이팬까지. 하나같이 범상치가 않다.

'펫이란 존재는 본래 캐릭터가 100%의 힘을 낼 수 있는 걸 110~120의 힘을 내게 도와주는 존재지.'

캐릭터란 존재는 한계를 가진다. 착용할 수 있는 아티팩트를 모두 착용하면 더 이상 착용할 수 없다. 스킬 레벨이 꽉 차면 더 이상 올릴 수 없다.

고렙들은 이런 난관에 자주 봉착하게 된다. 성장할 길이 레벨이나 아이템밖에 안 남았는데, 아이템의 경우 재료 얻기가 너무 힘들기에 사실상 아이템의 성장은 불가능과 가깝다.

이에 성장에 박차를 가하게 도와주는 가장 빠른 것이 바로 '펫'이란 개념이다. 펫은 성장에 따라 버프를 올려주고 능력치 상승효과 등을 주기 때문이다.

심지어 아티팩트를 착용하는 펫이라면?

'그 의미는 캐릭터 장비 슬롯이 추가된 셈과 같지.'

콩이가 아티팩트를 차는 것은 즉, 주인의 전력 상승이라 할 수 있다.

"꼭 맛있는 걸 얻는 기능이 대폭 강화되었으면 좋겠어요."

소근소근-

"아, 네……."

혜민아빠는 어색하게 웃었다.

"참, 그리고 이것도 좀 손봐주세요."

민혁이 들어 올린 것은 다름 아닌 판도라의 투구였다. 판도라의 투구는 은은한 빛을 뿌리고 있었다.

"눈에 너무 띄어서요."

"아, 그럼 이 투구에 아티팩트 은신 능력 추가할까요?"

"와, 그런 것도 할 줄 알아요?"

"41플래티넘입니다. 아, 같은 길드원 D.C로 40플래티넘으로 해드리죠."

민혁은 알았다.

혜민아빠. 의외로 장사치다! 본래 40플래티넘이면서 41플래티넘을 불러놓고 깎아주는 척 능구렁이 같이 웃는다.

"아, 알겠습니다."

하지만 민혁의 경우 보유 골드가 많았기에 크게 상관없었다. 더군다나, 왕국 일도 무사히 끝났으니 이제 곧 두 배로 가진 것들을 판매할 수 있다.

때마침 헐레벌떡 기사단장 페를이 뛰어오는 게 보였다.

"제작은 얼마나 걸릴까요?"

"펫의 경우 유저보다 훨씬 단기간에 제작할 수 있습니다. 오늘이면 끝납니다. 대신에, 펫을 맡기셔야 합니다."

"펫을요?"

민혁은 고개를 갸웃했다.

"네, 펫 보관소에 맡기면 온종일 소환 상태를 유지할 수 있죠. 그동안 저는 '펫과의 대화'라는 포션을 복용해 펫과의 대화를 시도해 녀석이 가장 원하는 형식의 아티팩트를 제작할 겁니다."

"오호."

참 좋은 방법이었다.

민혁은 계속 재촉하는 페를에 의해 콩이를 펫 보관소에 임시로 맡겼다.

"혜민아, 우리도 잠깐 포션 사러 가자."

"웅, 아빠. 아기 똥꾸, 잘 지키고 있어야 해?"

콩이는 울타리에서 멀어져 가는 혜민이를 보며 돼지 꼬리를 살랑살랑 흔들며 측은한 눈망울을 보냈다.

"꾸우우울……."

날 두고 가지 마라, 꾸울~ 하는 표정에 혜민이가 계속 뒤를 돌아본다.

그렇게 안타까운 이별 후. 혜민이 완전히 사라지자, 바닥에 내려선 콩이의 측은한 눈망울이 사라졌다. 마치 삭막한 곳에 온 듯 표정을 굳힌 콩이.

"꾸우울."

마치 어린애랑 놀아주기도 힘들다, 꿀. 같은 한숨이었다.

그가 편안하게 앉아 어깨를 주물거렸다. 그러다 근처에 앉아있는 고양이 펫을 보고는 손을 까딱였다.

흠칫!

깜짝 놀란 고양이 펫!

콩이가 씨이익 웃으며 자신의 어깨를 가리켰다.

꾹꾹이를 해라, 꿀!

용왕의 바다. 바닷속 깊은 곳에 존재하는 놀라울 정도로 크고 웅장한 성. 그 크고 웅장한 성에는 싸늘한 냉기만이 감돌고 있었다. 하루에도 수십의 바닷속 생명체들이 성난 용왕에 의해 이유 없이 죽어가고 있었기 때문이다.

용왕이 앉아있는 옥좌. 그리고 그 주변에 뿌려져 있는 돌고래들의 붉은 피. 그 앞에서 가녀린 몸을 부들부들 떨고 있는 한 존재가 있었다. 바로 용왕의 아이 중 하나. 캬리였다.

캬리는 토인족이었다. 쉽게 표현하면 토끼였으며 쥬투피아라는 애니메이션 속 쥬디와 비슷한 외모를 가졌다.

하지만 무시해선 안 된다. 캬리는 용궁에서 내려져 오는 방어술을 모두 마스터한 천재 중의 천재였다. 또한, 어려서부터 오로지 용왕만을 위해 살고 용왕만을 위해 배워온 캬리. 그녀는 검술 또한 능통하여 빠른 쾌검으로 단숨에 적들을 도륙해

내고는 했다. 또한, 용왕이 과거 캬리에게 하사했던 검인 '바다의 수호자의 검'에는 물을 자유자재로 다스리는 놀라운 힘 또한 내재되어 있다.

그런 캬리가 부들부들 떨었다.

'어, 어째서……!'

용왕님께서는 죄 없는 돌고래들을 무참히 죽이셨는가! 알 수 없는 일이었다.

그녀가 아는 용왕님. 그분께선 자비로우신 분이었다. 용궁은 매번 축제가 끊이질 않았고 바닷속 생명체들은 그런 용왕의 베풂에 모두가 노래에 맞춰 춤을 추는 아름다운 곳이었다.

하나, 어느 날 용왕님께서 변하셨다.

'그때부터야…….'

캬리는 입술을 질끈 깨물었다.

정확히 그때부터다. 바로 대마도사 아필드, 그와의 전투 이후.

그는 극강팔인 중 하나이며 일곱 번째에 속하는 자다. 대륙 곳곳에 자신의 저주들을 숨겨놓은 대마도사 아필드. 그가 죽었다는 소문은 대륙 전체에 돌았었다.

하지만 어느 날, 갑자기 용궁에 나타났다. 다름 아닌, 죽은 자들의 왕. 리치가 되어서.

그리고 용궁을 공격하기 시작했다.

하지만 용궁은 결코 호락호락한 곳이 아니었다. 극강팔인은 대륙 기준으로 하여, 극강팔인이다. 바닷속에는 포함되지 아

니한 것. 용왕과 그 아이들은 온 힘을 다해 대마도사 아필드
와 싸웠다.

치열한 전투였다. 그리고 그 치열한 전투 속에서 용왕은 온
힘을 다해 대마도사 아필드를 물리쳤다. 그리고 그때 용왕은
아주아주 커다란 중상을 입고 말았다.

그때부터였다. 용왕의 몸은 갈수록 쇠약해져 가는 느낌이
었다. 또한, 흉포해지기 시작했다.

하지만 그는 용왕이었다. 캬리는 무어라 말하고 싶었지만,
입술을 깨물었다.

그것은 세뇌와 같았다.

어린 시절부터 오로지 용왕만을 지키기 위해 길러졌다. 또한,
용왕의 아이들은 바다의 신 로베스가 용왕에게 내려준 존재들.

로베스는 용왕의 아이들에게 강조했다. 용왕은 너희 아비
요, 왕궁의 영원한 왕이로다. 그에 캬리는 반발심이 들었어도
차마 그에게 어찌 이러는지, 정신을 차리라 말할 수도 없었다.

또한, 지금 용왕의 몸은 너무나도 쇠약하기도 하였다.

그리고 그때, 다급하게 한 존재가 안으로 들어왔다.

그는 용왕의 보좌관, 쟝베였다. 쟝베는 말 그대로 걸어 다니
는 이족 보행의 문어였다.

"용왕님, 드디어 용왕님의 몸을 치료할 수 있는 방법을 찾았
습니다!"

"그게 정말인가?"

쇠약해 보이는 용왕. 그의 입가에 작은 미소가 감돌았다.

그리고 그는 속으로 짙은 웃음을 지었다.

'드디어 '그것'이 있는 위치를 찾았다는 거냐? 레크?'

그 질문은 다름 아닌 쟝베에게 하는 것이었다.

눈을 본 쟝베, 아니, 레크는 답했다.

"그렇사옵니다."

그리고 눈빛으로는 이리 말하고 있었다.

'대마도사 아필드시여!'

캬리, 혹은 용궁의 모든 이들이 알았다면 까무러쳤을지도 모를 사실! 대마도사 아필드는 용왕과의 전투에서 죽지 않았 다. 아니, 오히려 죽은 척하고 용왕의 몸속으로 들어갔다.

애초에 대마도사 아필드가 용궁을 습격한 이유는 한 가지였다.

'바다의 신 로베스의 보물……!'

그것이 용궁 어딘가에 숨겨져 있기 때문.

이 로베스의 보물은 엄청난 신성력을 품고 있다고 알려져 있다. 즉, 자신에게 매우 위협적인 것.

대마도사 아필드는 이 신성력을 저주력, 혹은 흑마술력으로 변화시킬 힘을 가졌다. 그래서 용왕의 몸에 들어온 아필드는 그 동안 무수히 많은 용궁 속 생명체들의 생명을 빼앗았다. 그리고 그들의 피를 이용해, 자신과 함께 용왕의 보좌관이 된 레크에게 흑마법을 써서 계속 그 힌트를 찾을 수 있게 지시한 것이다.

그리고 지금! 레크가 드디어 그 힌트를 찾았다고 하지 않는가.

"그게 무엇이더냐!"

용왕, 아니, 그인 척하는 아필드가 물었다.

"바로 토끼의 간이옵니다."

"토끼의 간?"

그 말에 용왕의 눈이 돌아갔다. 그곳엔 다름 아닌, 캬리가 있었다. 캬리는 그 소름 끼치는 눈빛에 몸을 가냘프게 떨어야 했다.

용왕의 아이 중 둘은 토끼였고 하나는 자라였다. 그리고 이 셋은 전부 놀라운 힘을 가진 것들 하나씩을 가지고 있었는데, 토끼들은 간. 자라인 '라든'의 경우는 여의주를 품고 있었다.

이 토끼의 간은 캬리의 것과 또 다른 아이인 제빗이 가지고 있는데, 각 효과가 달랐다. 문제는 이 세 가지 특별한 힘을 품은 것들을 얻을 방법이 아직은 정확히 알려지지 않았다. 그나마 한 가지 알려진 사실은 그들이 죽었을 때다.

캬리. 그녀는 절을 하며 말했다.

"제, 제 한 목숨 바쳐 용왕님이 다시 건강해질 수만 있다면……!"

또, 과거의 그로 돌아와 준다면 뭔들 못하겠는가!

하지만 그때, 보좌관이 말했다.

"하나, 안타깝게도 캬리가 가진 토끼의 간이 아니옵니다."

"그러느냐?"

용왕의 시선이 그녀에게서 거두어졌다. 그리고 말했다.

"나가봐라. 캬리."

"……예."

깡충깡충!

캬리는 고개를 꾸벅 숙여 보이고는 밖으로 나섰다.

그리고 아필드는 레크의 말을 들었다.

"지금 며칠 동안 행방불명인 제빗이 가지고 있는 토끼의 간이 바로 봉인된 힘을 숨기고 있는 로베스의 보물이옵니다."

엄청난 신성력을 품고 있는 보물! 상상만으로 아필드의 입가가 찢어졌다.

곧이어 안으로 자라인 라든이 들어왔다. 라든 또한 말 그대로 이족 보행의 자라! 한쪽 눈은 애꾸였고 검은 안대를 차고 있었으며 등 뒤로는 두 개의 이도류를 차고 있었다. 그리고 사실은 그 또한 대마도사 아필드의 수하였다.

"시간이 얼마 남지 않았다. 영혼 교환술에 의해 곧 있으면 이 용왕의 몸은 죽고야 말 것이다."

"예!"

라든은 서둘러 몸을 낮춰 고개를 끄덕였다.

그러던 중, 쟝베가 말했다.

"한데, 대마도사시여……."

"왜 그러느냐."

쟝베의 목소리가 심상치 않았다.

"제가 얻은 정보에 따르면 제빗이 실종된 장소가 이방인들만 들어갈 수 있는 곳이라고 들었습니다."

"이방인들만?"

용왕의 얼굴이 심각해졌다. 하지만 곧 라든에게 말했다.

"라든."

"예, 대마도사시여!"

"이방인을 통해 토끼의 간을 얻게 하여라, 그리고 그 토끼의 간을 가져오라."

"하, 하오나…… 이방인이 그것을 얻은 후 순순히 건넬까요?"

라든의 걱정 어린 물음에 용왕은 짙게 웃었다.

"죽여라, 그게 불가능할 것 같다면 갖은 금은보화 공세로 받아라."

만약 이 두 가지도 안 된다면…….

한데, 그럴 리는 없다. 토끼의 간보다 더 크나큰 보상을 큼직큼직 던질 테니.

"그것을 먹지 않는 이상, 그럴 리는 없겠지."

피식-

대마도사 아필드는 자신이 쓸데없는 생각을 했다 여기며 웃어버렸다.

혜민이와 함께 보관소에 온 혜민아빠는 고개를 갸웃할 수밖에 없었다.

콩이는 귀엽게도(?) 주변의 다른 펫들과 사이좋게 놀고 있었다.

"꿀꿀!"

고양이에게 엉겨 붙어 뒹구는 모습.

한데, 혜민아빠가 고개를 갸웃한 이유는 그것이 아니었다. 바로 울타리 안에 있는 모든 펫들이 벌벌 떨고 있던 것.

"왜 그러지? 여기 펫들이 좀 아픈가 봅니다."

한쪽에서 일을 보고 있던 펫 보관소의 여인에게 말하자 그녀가 고개를 갸웃하며 다가왔다.

"어머나? 왜들 그러지? 아까까지만 해도 안 그랬는데? 어, 애기들 밥이 다 어디 갔지?"

그녀는 고개를 갸웃했다. 그릇에 놓여 있던 아이들 밥이 다 사라진 것이다!

"참, 그 포션 이 펫에게 먹일 건가요?"

"네. 여기 임시 승낙증이요."

혜민아빠는 그녀에게 민혁에게 받아두었던 임시 승낙증을 건넸다. 이 승낙증이 있으면 다른 이의 펫과 접촉이 가능하고 포션도 먹일 수 있다.

혜민아빠가 포션을 건네자 콩이가 잽싸게 받아 챘다.

그리고 벌컥벌컥 마시고.

"꿀!"

감탄했다.

[펫과의 대화를 먹이셨습니다.]

[콩이와 마음속 대화가 가능해집니다.]

'자, 보자.'

이제부터 혜민아빠는 콩이가 원하는 모양새의 아티팩트를 물어볼 것이다. 검, 갑옷, 방어구, 부츠, 액세서리 등.

'배고프다 꾸울!'

그리고 혜민아빠는 역시 콩이의 생각이 머릿속에 들어오는 걸 느꼈다.

'내 말 들리니?'

'꿀? 무슨 소리가 들린다?'

'앞에 있는 나란다.'

'잘생긴 아저씨다. 꾸울!'

그에 기분이 좋아진 혜민아빠가 맛있는 먹거리를 건네자 콩이가 먹어치웠다.

'맛있다, 꿀꿀꿀!'

콩이가 꼬리까지 흔들며 좋아한다.

'혹시 원하는 아티팩트 같은 게 있니? 가지고 싶은 거.'

'꾸울? 있다, 꾸울!'

콩이는 고개를 맹렬히 끄덕였다.

그에 혜민아빠는 기대감을 가지고 그를 바라봤다.

지금 꽤 좋은 재료들이 손에 있다. 자신이 마지막에 만들었던 건 전설의 프라이팬. 하지만 그건 민혁에게만 해당한 거고 이번엔 꽤 멋진 걸 요청받을 수 있지 않을까?

'꾸울, 부침개 할 때, 한 번에 뒤집을 수 있는 만능 뒤집개가 필요하다, 꿀!'

'……'

순간 혜민아빠는 어안이 벙벙해졌다.

'뭐, 뭐지? 데자뷔인가?'

그는 고개를 갸웃했다.

콩이는 혜민아빠를 보고 눈을 초롱초롱 빛내며 물었다.

'꾸울, 투구 같은 것도 있었으면 좋겠다. 꿀!'

'오, 투구!'

그에 혜민아빠는 고개를 끄덕였다.

드디어 제대로 된걸……!

'기왕이면 양은 냄비면 좋을 것 같다, 꿀. 배고프면 벗어서 바로 라면 끓여 먹을 수 있게 꿀……!'

"하, 하하하……."

혜민아빠는 곧 주인인 민혁에게 귓속말했다.

[혜민아빠: 민혁 님, 콩이가 부침개 할 때 잘 뒤집을 수 있는 만능 뒤집개랑 평소엔 투구처럼 쓰고 가끔 라면 끓일 때 쓸 냄비 만들어달라는데…….]

바실리스크의 심장. 이는 성스러운 가지와 맞먹는 재료. 심지어 그가 준 트윈 헤드 오우거의 피, 피닉스의 깃털 등은 엄청난 값어치를 가졌다. 설마 아무리 그래도 또 그러려고?

[민혁: 역시 우리 콩이! 뭘 아네요. 그걸로 만들어주세요!]

혜민아빠는 순간 말문을 잃었다.
그리고 콩이를 보며 중얼거렸다.
"아니, 무슨 주인이랑 펫이랑 이렇게 케미가⋯⋯."

to be continued

나는 될 놈이다

글쓰는기계 게임 판타지 장편소설

WISHBOOKS GAME FANTASY STORY

판타지 온라인의 투기장.
대장장이로 PVP 랭킹을 휩쓴 남자가 있다?

"아니, 어디서 이런 미친놈이 나타나서……."

랭킹 20위, 일대일 싸움 특화형 도적, 패배!

"항복!"

'바퀴벌레'라고 불릴 정도로
끈질긴 생명력을 가진 성기사조차 패배!

"판타지 온라인 2, 다음 달에 나온다고 했지?"

평범함을 거부하는 남자, 김태현!
그가 써내려가는 신개념 게임 정복기!

무공을 배우다

목마 퓨전 판타지 장편소설
WISHBOOKS FUSION FANTASY STORY

"무(武)를 아느냐?"

잠결에 들린 처음 듣는 목소리에 눈을 떴을 때,
눈앞에 노인이 앉아 있었다.

"싸움해 본 적 있나?"
"없는데요."

[무공을 배우다.]

20년 동안 무공을 배운 백현,
어비스에 침식된 현대로 귀환하다!

'현실은 고작 5년밖에 지나지 않았다고?'

만 년 만에 귀환한 플레이어

나비계곡 퓨전 판타지 장편소설
WISHBOOKS FUSION FANTASY STORY

어느 날, 갑작스럽게 떨어진 지옥.
가진 것은 살고 싶다는 갈망과 포식의 권능뿐.

일천의 지옥부터 구천의 지옥까지.
수십만의 악마를 잡아먹고 일곱 대공마저 무릎 꿇렸다.

"어째서 돌아가려 하십니까?"
"김치찌개가… 김치찌개가 먹고 싶다고."

먹을 것도, 즐길 것도 없다.
있는 거라고는 황량한 대지와 끔찍한 악마뿐!

"난 돌아갈 거야."

「만 년 만에 귀환한 플레이어」

힐통령
태양의 사제

제리엠 게임판타지 장편소설

WISHBOOKS GAME FANTASY STORY

"착하긴 뭐가 착해? 저런 퀘스트를 하는 건 착해서가 아니고
그냥 호구인 거야. 호구."

등 뒤에서 멀어지는 소리에
카이가 슬쩍 그들을 돌아봤다.

'내가 호구라고? 설마.'

[곤경에 처해 있는 NPC에게 선행을 베풀었습니다.]
[선행 스탯이 1 상승합니다.]

착한 일을 하면 보상이 따라온다?!

계산적이지만 그래서 더 선행을 할 수밖에 없는
힐이면 힐, 딜이면 딜.

힐통령 카이의 미드 온라인 정복기!

쥐뿔도 없는 회귀

목마 퓨전판타지 장편소설

불친절하기 짝이 없는 이세계 '에리아'.
그곳에 소환된 '이성민'.

13년의 생활 끝에 죽음을 맞이한 그에게
또 한 번의 기회가 주어졌다.

재능이 없다.
그러나 그에겐 13년의 기억이 있다.

우연처럼 얽인 필연이, 그리고 목적이
그를 앞으로, 더 높은 곳으로 나아가게 한다.

이성민은 무엇을 바라였는가.
무엇이 되고 싶었는가.

"나는 다시 살아가 보고 싶다.
전생보다 나은 삶을."